U0924928

The Story behind the Biggest Migration in Human History

中国十亿城民

人类历史上最大规模人口流动背后的故事

[英] 汤姆·米勒 著　李雪顺 译

海峡出版发行集团 | 鹭江出版社
THE STRAITS PUBLISHING & DISTRIBUTING GROUP | LUJIANG PUBLISHING HOUSE

2014年·厦门

图书在版编目（CIP）数据

中国十亿城民：人类历史上最大规模人口流动背后的故事/（英）米勒著；李雪顺译. —厦门：鹭江出版社，2014. 7

ISBN 978-7-5459-0762-9

Ⅰ. ①中… Ⅱ. ①米… ②李… Ⅲ. ①纪实文学－英国－现代 Ⅳ. ①I561. 55

中国版本图书馆CIP数据核字（2014）第156551号

著作权合同登记号
图字：13-2014-004号

ZHONGGUO SHIYI CHENGMIN RENLEI LISHI SHANG
ZUIDA GUIMO RENKOU LIUDONG BEIHOU DE GUSHI

中国十亿城民：人类历史上最大规模人口流动背后的故事

[英] 汤姆·米勒 著
李雪顺 译

出版发行：海峡出版发行集团
鹭 江 出 版 社
地 址：厦门市湖明路22号 邮政编码：361004
印 刷：北京盛源印刷有限公司
地 址：北京市通州区漷县镇后地村北街300米工业园内 邮政编码：101109
开 本：880mm × 1230mm 1/32
插 页：4
印 张：7
字 数：155千字
版 次：2014年7月第1版 2014年7月第1次印刷
书 号：ISBN 978-7-5459-0762-9
定 价：35.00元

目录

致　谢

001

引　言

◆

人类历史上最大规模的人口流动

001

第一章

◆

挥汗如雨

——中国的城市建设者

011

第二章

◆

绿卡炼狱

——改革户口制度

035

第三章
◆
田厂对决
——土地之争
067

第四章
◆
建设狂潮
——农田里的浇筑
093

第五章
◆
沙漠“鬼城”
——中国式造城
133

第六章
◆
十亿钱袋
——中国新兴城民之买与不买
175

结　语
◆
城市文明
201

参考文献
208

致谢

本书缘起于 2010 年 6 月我在开普敦和伊丽莎白港之间一段路上与戴继思 · 哈根的一场对话。当时恰逢南非世界杯足球赛的第一个星期，戴继思对我说："你应该坐下来写一本书。"我把他的这个提议说给了一个专写中国故事的作家朋友听。"你应该写一本书，"他说道，"不过你要知道，写书的结局往往是妻离子散。"

几个月后，我来到保罗 · 弗伦奇设在上海的办公室，为我正在进行的一篇有关中国零售业的研究论文游说。他说他正在为位于伦敦的 Zed 图书公司一套叫作"亚洲主题"的系列丛书物色作家。"我可以写一本。"我不假思索，脱口而出。"行，"保罗说道，"写个计划书给我看看。"

三个月后，我拿到了出版合同。

在《中国十亿城民》的成书过程中，很多人直接或间接地给我提供过帮助，我不想在此一个不落地列表致谢，但我觉得感谢一下从一开始就闪现身影的人——戴继思 · 哈根和保罗 · 弗伦奇还是恰当的。我尤其要感谢保罗，他从一开始就力推此书，在图书出版的过程中也同样支持有加。我还必须向 Zed 图书公司的两位编辑——雅各布 · 霍斯特曼和塔姆塞恩 · 奥里奥丹致以谢意，他们敢在我这个写作新手身上押宝，并很快推出了图书。

使本书得以成型的还有下列人士：戴维 · 考威格、彼得 · 福斯特、

彼得 · 戈夫、福尔格斯 · 瑙顿、康拉德 · 谢克等。我所供职的龙洲经济研究咨询公司的同事，尤其是威尔 · 弗里曼、阿拉尼斯 · 秦、罗西利亚 · 姚和珍妮特 · 张做出了极富价值的贡献。我还极大地受益于关于里克 · 鲍姆 CPOL 数据列表的讨论，它把我引向了不用此法便无法获取的数据资源。我尤其要感谢白安儒、陈金永、马特 · 佛尼、杰斯 · 尼尔森和戴维 · 怀尔德，他们认真阅读过本书的初稿，并给出了宝贵的意见。我特别要感谢遍布全中国的几十位人士——尤其是陈芳艳、渝长江和位于大张山的李氏家人，感谢他们在与我共处时的慷慨大度。

无论是出于个人原因还是职业原因，我都要特别感谢我在龙洲经济的上司葛艺豪。早在 2004 年，艺豪便不可思议地决定雇佣我这个对数字一窍不通，且此前对于经济和商业报道毫无兴趣的文学类硕士毕业生来从事经济和商业报道。这事够滑稽的吧。如果没有他，这本书不可能写得出来。纯粹出于个人的原因，我要给足球男孩帮（你们自己知道我指的是谁）和香肠俱乐部狠狠的拥抱，我在北京期间，是你们用啤酒和粗话让我保持头脑清醒。

最后，我要深深地感谢芙罗拉——就因为你一直陪着我。书已杀青，娇妻仍在，夫复何求?

汤姆 · 米勒

2012 年 5 月于北京[①]

① 原著成书于 2012 年，后应作者要求，中文版部分内容有更新。

引　言

◆

人类历史上最大规模的人口流动

◆

CHINA'S URBAN BILLION

The Story behind the Biggest Migration in Human History

由农而城的旅程，正是中国从一个贫穷落后的国家向全球经济大国转变的过程。到 2030 年，中国的城市人口预计将达到十亿，占全球总人口的八分之一。中国十亿城民的生活状态将决定着未来世界的基本格局。

中国城镇化最为显著的奇迹莫过于重庆。作为长江上游最大的城市，它一度昏昏欲睡，显得与东部沿海城市的生机勃勃格格不入。如今，这座差强人意的沿江港口城市正经历着举世瞩目的转型。在过去的十年间，几百座高层住宅楼从这座城市的红壤深处拔地而起，一座座崭新的桥梁凌空飞跨于浑浊的江水之上。摩天大楼鳞次栉比，堪比香港的城市天际线。然而，其盖楼的狂热丝毫没有放缓的迹象：走进重庆，就好像走进了大型建筑工地。在这座城市的北郊，一台台推土机将草木繁盛的小山包和水草丰美的深沟幽谷改造为平地，以满足地产商对于土地永无止境的渴求。机场边上，一队队建筑工人正在单轨铁道上铺设路轨，使之最终接通九条线路。在市中心的老城区，旧房拆除者正手执铁镐对着肮脏破旧的贫民窟猛敲狠砸。

重庆一直被错误地当作世界最大之城。实际上，它是一座偏远的省级城市，面积比苏格兰略大一点，常住人口为 2 800 万。其 1/4 的人口所居住的城市正在快速扩张，为正在急剧涌入的新兴城市人口的衣食住行提供条件。到 2020 年，规划者估计该市的主城区人口总量将高达 1 200 万。在重庆市的城市规划中心里，一座中心城区的模型展示着密密麻麻的摩天大楼，以及点缀着绿地的豪华住宅楼。其中附带的文字性说明雄心勃勃地宣称，将有 6 座大型城市、25 座小型城市和 495 座城镇环绕着位于中心部位的超大城市，其势头有如“众星拱月”。当地政府如此目光开阔地看待自己的城市发展，“一个崭新的重庆将横空出世”。

面对如此炫目的发展，人们很容易忽略眼前的贫困。城市化过程给城市带来了巨大的财富，而来自于偏远农村的，工作在建筑工地、服务于大小餐馆以及在按摩房从事皮肉生意的数百万流动人口依旧贫穷潦倒。来自大都市周边偏僻郊县的城市新兴人口勉力维生。就在城市中心区的不远处，人行道上满是黏糊糊的餐厨垃圾，瘦骨嶙峋的男子正在兜售盗版光盘；阴暗潮湿的地下室里，排列成行的妇女操作着缝纫机，一个个挥汗如雨；露天的用工市场上，成群结队的外来务工人员正在等待雇主。在长江边的青苔石阶上，上身赤裸的老汉用竹棒挑着装满货物的沉甸甸的竹筐，他们小腿的肌肉像棒球一样凸起。与坐在富丽堂皇的酒吧中呷着鸡尾酒的富商一样，赫赫有名的“棒棒军”同为重庆这座现代化城市的组成部分。

重庆的领导者希望有更多的农村人口移居到这座大城市及其辖区内的各大城镇。他们相信，加快推进城市化进程不但有利于促进经济增长，也能大幅提高农村的收入水平。他们有一个雄心勃勃的目标，那就是重庆市城镇的人口数量将从 2010 年时的 1 000 万增加到 2020 年的 2 000 万。如此直接的促进城市化的做法颇为新鲜：过去 50 年或更长时间内，中国一直有意识地控制人口流动的步伐，部分原因是担心城市无法应对大规模的移民涌入。重庆的计划跟国家政策的变化不谋而合：2011 年至 2015 年的国家“十二五”规划，明确要求进一步城镇化，并支持建设特大型城市。李克强总理一直表示，他将在全国范围内支持加快城镇化步伐。不过，决策者们玩的是一场高风险游戏：强制推行城镇化可以大幅提高几百万人的生活水平，也可能极大地加剧城市的贫困状态。

即便没有中央政府明确的支持态度，中国城镇化的速度也正在变得难以预料。2011 年，国家迈过了发展史上的一座里程碑：城镇人口有史以来首次超过了总人口的一半。居住在城镇的中国人的数量增至 6.91 亿，城镇化比例超过了 51%。从发展状况来看，中国远远落后于分别在 1851 年和 1920 年成为城市化国家的英国和美国这两个富裕经济体。不过，中国城镇化的速度却令人费解。1980 年，全国只有不到 2 亿的人口居住在城镇。30 年间，中国的城市人口增长了 5 个亿——相当于美国、英国、法国和意大利人口的总和。

城镇化背后的首要推动力是经济。流动务工人员的收入远高于留在家里耕地的农民。对于全国的经济而言，城镇化和工业化这一双重过程所带来的生产收益至关重要：把数以百万计的人口从农田里重要性相对较低的岗位迁移至城镇里的工厂和建筑工地，可以极大地促进经济增长。迈向城镇的大规模移民过程，不论是对农民个人还是国家，都显得至关重要。因此，没有什么能够放慢人口从农村向城市大规模流动的步伐——除非经济崩溃、政局不稳，或者其他灾难性事件发生。历史经验、经济逻辑和政府决策全都指向同一结论：到 2030 年，10

亿中国人将居住在城市。

这将带来两个中心问题：中国的十亿城民将过上怎样的生活？中国未来城镇的面貌究竟如何？

中国城镇化的种种数据引人瞩目，但其中隐藏的真相却难以言说：很多数据涉嫌造假。居住在城镇里多达二亿五千万的人口还没有真正过上城里人的生活，因为来自乡村的外来务工人员并没有享受到城镇社会保险，而且在城镇里面临着种种制度歧视。中国的户籍管理制度，即户口制度，合法地把流动务工人员束缚于其在乡村的家庭，从而阻碍其在城镇落地生根。位于城镇的外来务工人员过着隔离般的生活，隐藏于窝棚或城中村之中。身为没有合法权利的临时居民，大多数外来务工人员只能屈就于低收入工种，拼命攒钱，极少购买商品或服务。因此，中国并没有从大规模人口流动中获取更多的经济效益。

中国城镇在过去几十年间的现代化速度极为惊人，但其社会分层现象也越来越严重。如果没有了户口制度，中国的城镇将很快沦为数以百万计二等公民的家园。即便是有幸成为城镇居民的人，在全面享受城市权利的同时，也必须忍受道路拥挤、空气污染、城市肮脏等种种未尽的丑陋。中国正在努力使其城镇更加宜居，但城市化的速度和范围注定使这样的愿望愈发难以实现。中国城镇设计者对于现代化种种片面的理解——现代化往往要求推陈出新，使这一问题更加糟糕。中国的城镇将一如既往地令人瞠目结舌，不过也会竭力鼓噪人心。

* * *

过去30年里，中国追求的是一种掠夺式的城镇化模式，这样可以让其经济快速地实现工业化。此模式一直这样延续下来。所以，中国的城镇在今后的发展过程中所面临的最大挑战，是找到一条实现城市发展的健康道路。本书的主旨就在于说明为什么一定会发生这种现象，并试图解释如何找到这样一条健康道路。首先，本书会描述数以百万计的人口从农村向城镇迁移的过程。其次，本书提出建议，说明中国应如何建设宜居城镇，以充分享受城镇化所带来的经济红利。

中国的国内人口流动同一个世纪以前从欧洲到美国的大规模移民具有相似性。每一年，数百万的农民抛开农田里的沉闷苦活，前往城镇寻求光明（见第一章）。大多数外来务工人员两手空空地来到城镇，居住在肮脏的环境里，干着别人不愿意干的脏活。然而，他们不能享受卫生保健、孩子入学等待遇以及基本的社会保险。随着越来越多的外来务工人员开始在城市定居下来，平等购买价格合理的住房、能够享受社会福利，正日益成为当务之急。让数千万农村流动人口在经济和社会两个方面融入城市社会，是中国未来20年必须要面对的问题。

户籍登记制度方面的改革即将迈出关键性的一步（见第二章）。因为外来务工人员在当地没有居住许可，所以他们在自己的国家内被当作非法流动人口。自20世纪90年代以来，改革这一令人沮丧的户籍制度的压力与日俱增，但中央政府一直没能作出关键性的改革。种种新的计划令人鼓舞，居住证这一替代性的制度正覆盖到全国范围内的外来务工人员身上。不过，各级城镇政府还需要在财力上奋力一搏，这样才能让外来务工人员享受到更多的城镇福利。如果中国真的将社会保险资格同居民的户口剥离开来，那么，中央政府将不得不承担多得多的财政压力。

健康的城镇化要求大胆地进行土地改革（见第三章）。所有的农村土地都属于村集体组织，而这一级组织在维护农民个人权利方面却未能全部恪尽职守。非法占用土地——农民被赶出自己的土地，或未能得到恰当的补偿，也许是全国上下社会不稳定的最大根源。成都和重庆这两个地方正在进行的雄心勃勃的改革，允许农民出让自己在农村的宅基地，这样做既增加了农民的收入，又使农民们在移居城镇的时候兜里有钱。不过，这也给部分贪婪的官员和村干部创造了攫取更多土地的机会。

对土地的需求来自于中国的城镇扩张，由此催生了闻所未闻的建筑狂潮（见第四章）。全国的城镇发展规划，意在推进周围环绕着中小城镇的大城市的建设，但地方官员也将会一如既往地推进小城镇的发展。这将会形成一种独特的、既集中又分散的城市化模式。随着城镇发展向内陆地区的推进，诸如成都和武汉这样的省会城市将会演变成超大型城市，为更多的务工人员在家门口提供适宜的工作。只要中国失衡的财政制度要求受金钱驱使的地方政府依靠出卖土地来度日，城市扩张过程中的这一问题就将愈演愈烈，而在以开发房地产和大型工业园区为主要扩张手段的地方则更是如此。

中国的经济模式在很大程度上鼓励过度投资和浪费，可又害怕这个巨大的泡泡会因为太大而被吹破（见第五章）。“鬼城”的批评者们并不赞同中国城镇化的幅度：绝大多数空置的公寓楼总是过了很久才能充满人气。虽然中国的城镇发展迅速，但这些城镇仍将会丑陋无比、拥堵不堪、污染严重。城镇发展的速度还意味着，过快的工程建设往往把美学细节摧残殆尽。中国城镇所面临的最严峻的挑战，是要控制私人轿车拥有量的快速增加，同时还要建设高效率的大规模城市运输体系，否则的话，城镇将会慢慢“停摆”。

中国的领导人希望城市的投资热潮将逐步让位于由居民消费所带来的经济增长新模式（见第六章）。尽管人们错估了农村消费的势头，但中国期待已久的消费热潮正在向中小城镇渗透。然而，城市的消费远比预期来得低。如果中国的领导人真的要使其经济发展均衡，那么他们就必须鼓起勇气拆除当下阻碍进城务工人员成为城市消费者的法律和社会壁垒。此举将有助于释放巨大的潜在需求资源，在未来几十年间推动中国的经济发展。

城镇化过程发挥作用必须具备三个条件。第一，约 3 亿农民须从农村迁移进城镇。如果农民能将土地出租或出售，那么在他们向城镇移居时多少就会有一点经济安全感。中国还必须改革其歧视性的户籍登记制度和法规，以使外来务工人员在进入城镇的时候能被社会福利网络充分覆盖。

第二，中国必须建设更大型、更密集也更宜居的城市。这意味着要创新城市扩张模式，高效率地利用各种资源，以避免不可逆转性的城市扩张。北京市拥挤的道路和污浊的空气说明，如果大城市的发展围绕的是不断拓展的环路和无限增长的汽车拥有量，就一定会有类似的结局。关键是，要建设文明的现代化城镇，就必须新建数百万套价格合理的住房以及数千所医院和学校。中国的城镇只有在为其全部居民（无论是原住民还是来自农村的移民），提供衣食住行的时候，它才能发挥社会有机体的作用。

第三，中国必须让数以千万计的外来务工人员融入城市生活。这可能是最艰巨的挑战。发展城镇消费型经济需要将社会福利覆盖所有的城镇居民——无论其是否出生在城镇，并创造数以亿计的工作机会。中国城镇人口的大规模增长主要源于低收入的外来人员进入城市，而其增长的城镇人口并不会在一夜之间形成能称为“消费者”的新兴中产阶级。

如果中国领导人让城镇化过程步入正轨，那么他们也许能成功地将这个世界第二大经济体由依赖投资和制造业转变为依赖更大规模的商品和服务消费。城里人更富裕，消费能力远比他们农村的亲戚强。如果外来人员能够成为货真价实的消费者，那么，他们将会使中国经济的发展趋于平衡，并为未来的发展奠定恒久的基石。如果中国的城镇化过程走错了路，那么，这个国家未来 20 年都将伴随中等收入者的潦倒而萎靡不振，其城镇当中也将遍布大大小小的城中村。当前，近 1/3 的城镇居民未能享受到社会福利。如果不进行改革，这一数字将上升至 1/2。

总之，中央政府必须以更多地承担财政改革担子的方式，为各级地方政府分担财政压力。中国当前的经济模式究竟是继续发展、停滞不前，还是毁于领导者手中，将取决于政府如何为中国的城镇化进程提供财政支持。如果中国的城镇化进程步入正轨，它将超越美国，并奠定其世界第一大经济体的地位。否则，这个世界人口第一大国也很容易沦为世界最大的城镇底层人口聚居区。那样的话，将是一场灾难。

第一章

◆

挥汗如雨

——中国的城市建设者

◆

CHINA'S URBAN BILLION

The Story behind the Biggest Migration
in Human History

隆冬或初春时节的一个或两个星期——这取决于农历新年的具体日子，中国的城市停摆了。建筑工程停了下来，商店和餐馆关门歇业，工厂的大门紧锁。大多数城里人几乎没有注意到平日里跟他们生活在一起的几百万外来务工人员，直至人家因为回家过年而消失了踪影。然而，如果没有了这些进城务工的流动人员，现代中国的城镇则几乎无法存在。毫不夸张地说，尽管他们当中很多人几乎未进过学堂，但正是这些男男女女，推动了中国城市经济的发展。

在北京的大街上卖水果的陈芳艳，就是一个典型的进城务工人员。陈芳艳的父母于 20 世纪 90 年代初把她这个小女儿留在河南农村的老家，双双来到北京城打工。与中国数以千万计的留守儿童一样，陈芳艳只能在春节期间才能看见自己的父母。"每次父母返城的时候，我一点都不开心，但也没有特别不开心。"她老老实实地说道，"毕竟，我们无能为力——他们也是为了谋生。"2004 年，她一完成学业，就跟着父母来到了首都。目前，她在北京生活了八年，足以被外人当成是城市女孩了。不过，陈芳艳那一头略显蓬乱、被染成褐色的头发依旧显示出她是一个外来者——在时髦的本地人身上，很难看到如此不修边幅的打扮。

陈芳艳和她的丈夫在北京东北角一栋低矮的砖砌房子里租了一个单间。他们所居住的地方被本地人称作城中村——随着城市的扩张，在首都，估计有600个曾经的农村社区消失了。仅仅10年前，这个村子还有农民在种植蔬菜。后来，市政府征购了这一片土地进行开发，给村民的补偿是一大笔钱和城市户口，这让村民们有了在城市里合法永久居住的权利。村民们用这笔钱购买了现代化的公寓楼房，然后把自己原来的旧房子出租给进城的外来务工人员。现在，拥挤的街道上随处可以听见河南和安徽两地的方言，因为向北京输送务工人员最多的就是这两个省份。这个村子显得肮脏、拥挤、破旧，上空飘散着一阵阵散发着恶臭的水汽。不过，树上依然有鸟儿在歌唱，孩子们可以自由地嬉戏，气氛显得很友善。据估计，在北京的700万外来务工人员中，有300万人生活在这样的城中村里。

村里的砖房被隔成狭窄的小间，以每个月500多元[①]的价格出租给外来务工的家庭。在陈芳艳15平方米的房间里，摆放着一台电视机、一个电饭煲和一台洗衣机——这些物品与你在相对富足的农村家庭里看到的几无两样。这个“城市家庭”还多了一台廉价的电脑，陈芳艳就是用它在互联网上搜到了一台二手电冰箱。其他的奢侈品则很难看到：陈旧的铁架床上铺着肮脏的床单，横穿房间的一根铁丝上挂着洗好的衣服，墙壁上的电线裸露在外。煤炉上连接着一根热水管，但是到了冬天，整个房间依旧冰冷刺骨。几大箱的水果被堆放在靠墙的地方。

每天凌晨两点钟，陈芳艳的丈夫都会开着他那辆小货车，赶往位于北京城另一端的一个大型食品批发市场。然后，他会开着车回到

① 本书所提及的货币单位统一换算成人民币“元”，特别说明的除外。——译者

家里，睡上一两个小时的觉，之后再次出门干活。每天，陈芳艳都会来到大街上，在她那辆堆满了水果的三轮车旁边站上十余个小时。每一个进城务工人员所从事的都是比较艰苦的活计，而陈芳艳还经常遭受城管人员的恶言恶语。2010 年水果生意很好做，赚的钱有五万多元。不过，陈芳艳和她丈夫在 2011 年却不得不和上涨的物价拼命，因为那一年的食品通胀率超过了 10%。“批发价真的很高，但人们又不喜欢购买价格很高的水果。”陈芳艳感叹着说，“我们尽量把赚到的钱都存起来，但每天都感到压力很大，担心入不敷出。你从我丈夫的脸上就能看得出来——他总是一副疲惫不堪、压力巨大的样子。”

与很多来自农村的人一样，陈芳艳和她的丈夫对独生子女政策置若罔闻。他们生了两个男孩。在城市里养孩子很艰难，因为外来务工人员的孩子要努力争取，才能在公立学校获得一席之地。陈芳艳的小儿子在北京郊区一所专为进城务工人员的子女开办的寄宿制学校上学，只有周末才能回家。“我们每天要忙着干活赚钱，哪有时间管孩子。”陈芳艳说道。她的大儿子已经回河南读中学，因为他在那里才能够免费读书，小儿子不久也将和他哥哥一样。他们将在老家跟祖父一起生活。祖父也曾在北京住过，但在检查出肺结核后，就只好回老家了。作为一个无法享受城镇居民医疗保险政策的外来务工人员，他根本无法负担在城市里的各种治疗费用。

对陈芳艳这样的外来务工人员而言，城市里的生活艰辛而且不公，冷漠而且不舒心。他们大多没有社会保险，还要随时担心城管人员会断掉自己的生路。陈芳艳和北京本地人基本没有来往，除了在他们找她买一袋苹果或是买一盒草莓的时候。这很典型：外来务工人员过着封闭式的生活，无论社交还是居住，都在自己的圈子里。然而，跟城里大多数年轻的外来务工人员一样，陈芳艳和她的丈夫抱定决心不再回河南的农村老家。陈芳艳说，他们将在城市里一直住下去，并等待着两个儿子的加入。“因为我们穷，当地人看不起我们。”她说道，“但我们决不再回去种地——毕竟有两个孩子要供养！”

* * *

中国出现人口大规模从农村流向城镇的现象，只有 30 年的历史。在毛泽东领导中国的大部分时间里，城乡之间的自由流动一直受到严格控制。人们普遍认为，中国共产党的革命根基在农村地区，而它的目标则是在城镇实现工业化。城市一向被当作重工业的中心区域，保障城市的生产能力就意味着需要严格限制农民的流入。实际上，在新中国成立初期，曾经出现过大规模的从农村向城市的人员流动。但这一行为在 1958 年随着户籍登记制度的颁布而停了下来。事实证明，户口制度在社会管理方面行之有效，但其初衷也正是为了阻止人们从农村流向城市。农民就应该留在自己的土地上为城里的工人生产粮食，而不是去城里跟工人抢食物。

20 世纪 80 年代，北京开始放松其在经济和社会方面的限制，鼓励农村劳动力“离土不离乡，进厂不进城”。农村集体制的乡镇企业蓬勃发展，刺激了发展小城镇政策的出台。就全国而言，政府秉持的政策是“控制大城市发展，适度发展中等城市，鼓励发展小城镇”。

然而，地处东南沿海的城市，如深圳、珠海、汕头和厦门等，则另当别论。随着实验性质的“经济特区”的开放，第一批来自农村的务工人员涌入了城镇。到80年代末，东南沿海地区大大小小的工厂如雨后春笋般崛起，从农村涌入城镇的人口终于汇成了滚滚洪流。

90年代初，人口流动的速度进一步加快。全球制造业纷纷涌入中国，并在沿海各地设立工厂。外来务工人员费用低廉而且数量充足。年轻的农民们从各自的乡村成群结队地来到出口加工企业组装小饰品，到新开办的餐馆端盘子，或在建筑工地上挑砖搬瓦。于是，中国正式提出了限制大城市发展的政策。不过，数以千万计的外来务工人员却用脚投票，继续流向不断膨胀的沿海地区各大城市。90年代末期，在相当于2008年金融海啸前兆的亚洲金融危机的打击之下，经济萎缩，出口锐减。国有企业开始裁减数百万城镇工人，外来务工人员的工作机会也急剧减少。

在经济复苏的新世纪之初，伴随着出口的增加，中国城市的房地产市场呈现井喷态势。随着对劳动力需求的增长，从农村涌入城镇的务工人员也迅速增多，一时之间，各大城市随处可见新加入的外来人口。21世纪的头10年间，中国有近亿农村务工人员进城找活儿干，城市的政策最终承认了这一客观事实。第十一个五年计划（2006—2010）提出，城市不论大小，一律要做到“平衡发展”。第十二个五年计划（2011—2015）更进一步，明确主张发展大都市圈，以及由小型卫星城镇环绕形成的城市群。现任领导对城镇的发展热情高涨：大家认为，城镇的繁荣是进一步培养国内需求的关键所在。

经过30年的发展，涌入城镇的外来务工人员的数量已经非常庞大，大得几乎无法统计。中国城镇人口的统计数据则要准确得多。其中显示，21 世纪第一个 10 年内，在中国的城镇住满 6 个月及以上的居民人数已经超过 2 亿，每年增加的人数相当于澳大利亚人口的总和。在这些增加的人数中，大约有一半来自进城务工人员。目前的统计数据显示，各大城市约有 1.6 亿离乡进城务工人员，比俄罗斯的人口总数还要多。另外，还有 6 000 万居住在小城镇的进城务工人员，以及 3 500 万准进城务工人员——他们白天从事非农产业，晚上回到自己的村里睡觉。根据政府的预测，到 2030 年为止，还将会有 2.5 亿农村人口进城务工，所占的比重将超过预计中的城市人口总增加量的 2/3。其余增量则来自人口的自然增长，以及将获得城市人口身份的外来务工人员。

城市移民可以分为两大类。第一类是传统的进城务工人员——也被称作“流动人口”。他们的身份是农村人，一般只是短期进城务工。这一个类别所包含的就是那 2.2 亿离乡进城务工人员。第二类指的是多达数百万的农民。这一数量还在不断增加，他们自愿或者被迫放弃自己的土地和宅基地，然后在城镇里开始新的生活。随着各级地方政府推动土地改革和城市化进程步伐的加快，这一类移民可能变得更为普遍。

还有一个边界不清的第三类，是由被划归为城镇居民的农村居民构成的。随着城乡边界的调整，这个群体在一夜之间变身为城镇居民。一部分人的生活跟原来无异，另一部分人则因为不断扩张的城镇占据了村庄而从农村的家里搬了出来。后一部分人可能迁入位于同一城镇内其他区域的公寓楼房，轻轻松松地变成了本地移民。最近几年，对城市周边土地的征用补偿标准不断提高，一部分运气不错的前农民富了起来——这也使抱怨不断的当地城镇居民大受刺激。过去 15 年间，被划归城镇的居民在城镇化过程中占了相当大的比重。不过，征用农田发展城镇的做法受到越来越严格的约束，这部分人在今后所扮演的角色将越来越次要。

中国约有 1/3 的流动人口是出省找活儿干的，其中大部分来自内地，并去了东部或沿海的繁华城市。广东省被称作世界工厂，当地各大出口加工中心的流动人口数早已超过了本地居民数。在由许多小镇组成的东莞，随处可见工厂的厂房和宿舍楼。那里也许是全国范围内吸引外来务工人员数量最多的地方。外出务工人员中，有 1/3 受雇于沿海省份。2010 年的人口统计显示，广东是最受欢迎的目的地。不过现在，更多的务工人员开始在上海附近的长三角地区找活儿干，因为这里的岗位数量和工资待遇略好一些。北上北京和天津的务工人员数量则要少得多，但仍然不可小觑。

跨省务工人员绝大多数来自六个省份：安徽、贵州、河南、湖北、湖南和四川。只要沿海地区的工资待遇继续高出一头，相对贫困的内陆省份仍将会成为纯粹的劳务输出地。以四川为例，那里有 2 000 多万农民离开家乡寻找能够多赚钱的工作。这其中有近一半的人流动于省内各城镇，仅成都一地就容纳了 200 多万。不过，大多数人还是在东部沿海地区寻找生计，其中又主要集中在长三角和珠三角地区。“假如全部流动人口都回到家乡，我们是没办法提供这么多就业岗位的。”位于成都的四川省社会科学院的郭晓明教授说。

不过，人口流动的格局正在发生变化。一直以来跨省、跨市务工的流动人口，现在已有 2/3 开始在家乡省份找活儿干了，像成都这样发展迅速的内陆城市所接纳的流动人口数量大大超过了 10 年前。诸如重庆、武汉、西安和郑州这样的内陆城市的发展则意味着，很多外出务工人员有机会在靠近家乡的地方觅得活计。2011 年，在河南省内找到工作的务工人员数量第一次超过了出省务工人员数量。随着各地农民用土地换取城市户口人数的增多，向内陆城市流动的人口数量也会增加。例如，重庆计划在 2012 年至 2020 年间，用城镇住房和社会福利推动 700 万农民进城。东部沿海的大城市依旧在快速发展，不过在未来的 20 年间，沿海和内陆的城镇化进程将会达到平衡状态。

以上分析有一条重要的附加说明：人口流动不会一成不变。中国的外出务工人员具有世界水平的灵活性，什么地方有活儿干就快速流向这个地方。而如果没活儿可干，这些流动人员就将无处可去。2008 年下半年，全球金融危机初现端倪，珠三角的各大出口加工企业开始让数以百万计的务工人员回家去过春节。当时，全国计有 2 300 万人没有返回城市，他们要么在家务农，坐等危机过去，要么在家附近找个活儿干——他们从事的，通常是中国政府巨大的经济刺激计划所兴起的基础设施建设。曾经持续了 30 年之久的自西向东的人口流动趋势由此逆转。2009 年，离家前往沿海大城市的务工人员数量减少至 9100 万，降幅达 9%，而前往中西部省份的务工人员数量则增加到 5 400 万，增幅达 35%。

对于那些乐观地认为大规模人口流动还可以支撑未来 20 年或更长时间经济增长的中国观察家而言，这是值得警醒的一课。中国城镇化水平严重低于大多数发达国家的事实，并不能保证它经济上能迎头赶上。只有中国的经济发展持续创造就业以吸收数百万富余劳动力，其城市化进程才会在未来若干年内促进经济增长。就目前而言，珠三角已经有许多出口加工企业抱怨流动人口不足导致工厂招工困难。不过，假如全球经济崩溃，摧毁了中国的出口加工业，那么人类历史上最大规模的人口流动就有可能停止，甚至走向反面。

* * *

外来务工人员通常被称作“流动人口”，因为他们总是从一个地方流向另一个地方，而未在城市落地生根。就全中国数量巨大的农村人口而言，他们是最具事业心的一群人，但他们必须跟那些阻止他们成为城市永久居民的种种制度壁垒作斗争。在中国的户籍登记制度下，大多数城市只向拥有本地城市户口的居民提供公共福利和社会保障，仅有少数外来人员能够享受医保待遇，大多数人还必须为孩子的入学自掏腰包。一旦失业，他们很可能得不到任何保障，只能回到乡下。

老一代进城务工人员——定义为1980年之前出生的人群——是自己国家的外来劳动力。他们只是暂居于城镇，年老之后将会回到自己的老家。这样的外来劳动力大都视自己为农民，很少或者根本没有改变农村居民身份的愿望。不过，这一传统的人口流动模式正在发生变化。调查显示，出生于1980年之后的新一代进城务工人员少有重返贫困农村生活的意愿。与父辈相比，他们受过更加良好的教育，往往能更快地融入城市生活。他们希望自己成为完全的城镇居民，充分享受现代化的消费型生活方式。很多人一生中从未耕种过田地。然而，由于差别性的户籍登记制度，这些向往城市生活的人群往往被阻隔在城市生活圈之外。

2009 年，国家统计局在 31 个省份调查了 68 000 个农村家庭，还在 10 个省份调查了 6 000 个新一代进城务工人员。调查显示，进城务工人员的年龄越来越小：离家在外的务工人员有 60% 生于 20 世纪八九十年代。户籍登记在农村，且年龄在 30 岁以下的人口中，有整整一半的人在城镇工作。新一代流动人口平均 20 岁时就已经离家外出，90 年代出生的人群更将这一年龄提前到了 17 岁。他们是第一代“非农业”人口：90% 的人从未干过农活。而近 30% 的老一代进城务工人员，头一年还或多或少从事过诸如收割庄稼之类的农业生产。这一点非常重要：跟自己的父辈相比，绝大多数年轻一代进城务工人员对农活知之甚少，意味着他们更不可能重返乡下。

接近一半的年轻一代进城务工人员在广东和浙江等沿海省份从事制造业。其中，年轻女性数量庞大，她们因为吃苦耐劳和手脚灵活而大受青睐。其他的年轻务工人员则就业于服务行业，要么运送货物，要么在餐馆打工，或者从事公寓楼的保洁工作。他们首选以上工种，而老一代男性外出务工人员则往往从事对体力要求较高的建筑行业。四川省社会科学院的郭教授说，年轻一代务工人员不愿意忍受艰苦的工作条件，这在人口流动数据中有所显示。2009 年，在珠三角地区就业的四川籍务工人员急剧减少，因为年轻一代务工人员为寻找更好的工作待遇和工作环境而去了别的地方。

仍有数百万各年龄段的流动人口在危险或者不尽如人意的行业中

工作。不少外出务工人员还得顺从雇主，否则，要么被克扣工钱，要么不能休假。他们在法律上的弱势地位意味着，有恃无恐的雇主往往不会受到任何惩罚。

没有什么比外来务工人员的生活状况更能真实反映出他们的二等公民身份。城镇原住民居住的，大多是带有独立厨房和卫生间的现代公寓楼。然而，对于绝大多数进城务工人员而言，这样的生活条件简直不敢想象。他们中的2/3睡在公司的集体宿舍，或者是建筑工地上的临时窝棚，再或者，是在店铺的地板上打地铺。已经在城镇落脚的务工人员一般会在破旧的城中村或发出霉味的地下室租一个房间客卧两用，所购买的商品或服务也远少于城市居民。流动人口的花销远少于城镇原住民，是因为他们身上的现金要少得多，还因为他们生活在远离现代化城市市场的临时住处。在城镇打工的绝大多数外来务工人员，只是部分地实现了城镇化：他们也许生活在城市范围内，但大多数人并没有真正融入城市生活。

到中国参观的游客时常感到惊讶：这里的城市是怎么跳过工业化过程中的混乱阶段，而未出现其他发展中国家那样的街头贫困现象的？在印度德里，每新建一处购物广场，必定会冒出一溜贫民窟。诸如天津和广州这样的中国大城市，是怎么避免这种现象的？和其他很多国家容纳城镇贫困人口的大面积拼凑型城区和满布铁皮棚屋的小镇不同，中国的城中村根本没有类似的模样。很多城中村曾经是村庄——陈芳艳的居住地就是这样，是城镇的扩张“吞没”了这样的村庄。还有的城中村属于老旧的居民区，破旧的城镇住房夹杂其间，人们称之为“棚户区”。不管其曾经是农民还是工人阶级的栖身之所，这些破旧的城镇居民区目前接纳的流动人口比例在 1/4 到 1/2 之间。

在中国北方，城中村普遍是一溜溜简陋的低矮砖房。南方的城市，如昆明，城中村里常常杂乱地林立着稍高一些的水泥建筑，而精明的房主往往还铺上廉价地砖。类似的房屋一般拥挤不堪，缺乏必要的卫生条件。然而，它们与制约印度和非洲城镇发展的巨型贫民窟不同，中国避免了这样的局面，地方政府掌握人口流动和房屋建设的控制权要远高于其他国家。处于国家社会管理网络核心位置的是户口制度。该制度把所有的公民和大多数社会福利的享受权捆绑在其户口登记地点上。由于学校不好进，卫生保健费用很昂贵，进城务工人员通常仍旧会把自己的家人留在农村。也正是因为进城务工人员在农村留有居所，所以，他们一旦找不到活儿干，还可以回老家。

自 80 年代经济体制改革以来，对户口的限制已经大为松动，但它依然是人口永久性迁移的障碍。相比之下，印度的宪法允许自由迁移，使得农村家庭可以自由地举家入城。印度的政策有它自身的问题：来自农村的流动人口可以轻而易举地将乡下的贫困生活改换成城镇的贫困生活。不过，按照很多人的说法，中国的外来务工人员即便想让自己过上真正的城市生活，他们也会被有效地与城里人隔离开来，让人眼不见心不烦。在政府的默许下，他们一般居住在城中村或者地下室。

这样的制度有它的好处：中国的城市流动人口远不像其他国家的流动人口那样过着龌龊的生活。绝大多数人能够享受清洁用水和适度的盥洗条件（常较污秽），很少露宿街头或死于霍乱。因为中国严格限制农村家庭流入城市，所以其大大小小的城镇在控制人口流入方面做得比大多数发展中国家要好得多。很明显，中国的城镇并没有四处游荡着营养不良的少年儿童。不过，这种成就以自由迁移为代价，因而阻碍了社会流动性。

这种制度不能无限制地延续下去，主要原因在于流动人口的身份在不断地发生着变化：新一代进城务工人员越来越多地想在城市里永久定居，并希望自己的家人能够一起入城。如果国家统计局的数据准确，那么，多达 2/3 的入城人口至少要把几个家庭成员带入城镇。中国的户口制度再也不能像原来那样限制人口流动了。随着迁居城镇的外来务工人员数量的增加，他们会想方设法寻求租金便宜的住房。

中国的各大城镇继续奉行拆毁城中村的政策，一旦城中村被毁，那些进城务工人员该住在哪儿？要么是越来越多的流动人员不断地涌入规模更小的城中村乃至地下室，要么是临时性的窝棚在城镇边沿一座座地冒出来。对中国的领导人而言，其中的选择是明摆着的：要么把包括购房优惠等城市福利惠及外来务工人员，要么接受城中村不断涌现这一不可避免的发展代价。

* * *

对外来务工人员而言，他们成为城市永久移民的最大障碍，是他们在城镇普遍难以买到接受能力范围内的住房，以及难以享受教育和卫生保健方面的社会福利。许多农村家庭基本上仍旧过着勉强糊口的生活，吃的是自家地里种植的蔬菜。他们的收入主要依靠出售庄稼或者畜肉，主要消费集中在食品、衣物和建筑材料上。城镇的生活成本更高：流动人口要支付房租，解决交通和一日三餐。现有的户籍制度使这个问题雪上加霜，因为外来务工人员在城市里无法享受社会保险，这使得他们在城里的生活成本更加高昂。孩子们到了入学年龄，许多进城务工人员只好把他们送回农村，因为他们实在无法承担城市里私立学校的收费。据调查，“留守儿童”常有心理问题，在校表现差于其他孩子。这不足为奇。当前，中国许多村庄的人口主要由孩子和他们的祖辈构成，达到做工年龄的成年人，基本上都去城镇打工了。

进城务工人员的收入远低于城镇原住民。根据人力资源和社会保障部所作的调查，2011 年进城务工人员的月平均工资大致略高于 2 000 元。虽然近年来外来务工人员的收入得到了大幅提高，但仍远落后于全国平均工资标准。外来务工人员的工作也艰苦得多。国家统计局的数据显示，进城务工人员每周平均劳动 6 天，每天 9 个小时，加班已成常态。进城务工人员在城镇一般没有什么资产，远比具有城镇户口的居民贫困得多。不过，有些进城务工人员一个月的收入便抵得上留村农民一年的收入。而流动人员的经济收入与他们工作的艰苦程度不无关系。

未来 20 年，中国一定要寻找出一条道路，让数以亿计的进城务工人员融入城市社会，须要制定新的政策使进城务工人员在城市社会中长久定居下来。这样的政策包括修建更多的公共住房和改革歧视性的户籍登记制度。最紧迫的挑战是要确保进城务工人员的子女能够进入公办学校读书，让他们的家人有像样的地方可以居住。即便有 40% 的流动人口从建筑工地或店铺地板搬入了私有住房居住，他们的总体生活状况依然不容乐观。进城务工人员合住的房间普遍比较狭小，有时候仅能放下一张床。只有 1/5 的外来务工人员拥有独立厨房和卫生间。

让各级地方政府修建更多的公共租赁住房来安置外来务工人员，这是显而易见的解决之道。2011 年，中央政府提出要求，未来五年之内要修建 3 600 万套保障性住房，其中就包括数百万套公租房。这一要求的目标是要在 2015 年时，让 20% 的城镇人口入住各种形式的保障性住房。不过，存在的疑虑相当不少：政府能否实现这一目标？由谁出资建这么多房子？北京龙洲经济研究咨询公司的房产分析师罗西利亚 · 姚预计，官方提出的目标，还涵盖了所有类型的完全不具有“社会”性质的住房。据她估计，一旦排除一大块非市场性住房，如大学校园内的学生宿舍等（因为这种住房是无论如何都要修建的），那么，实际上纯粹新增的住房供应量在 2 000 万套左右。

再者，很多城市对谁可以搬入保障性住房进行了严格的控制，这意味着所建成的房子大多会被城镇居民，而不是外来务工人员抢到手里。地方政府没有足够的动机向外来人员提供住房，尤其是还要面对本地低收入人群的抱怨（他们也无法购买市场价格的房产）。即便是在购买保障性住房时并不要求具有本地户口的那些城市，潜在的入住者仍被要求出示一大堆文件，以证明他们是本地长期居民，且有一定的经济能力。无法证明其稳定就业和社保缴存历史的外来务工人员，肯定会被排除在外。

不过，还是有一些流动人员成为幸运儿的。第一个接纳进城务工人员的大型公共租赁住房项目之一，是重庆的民心佳园。这个有 7 万个居民的小区混居着城市工薪阶层、寻找廉价住房的年轻人，以及来自重庆郊县且在城内长期务工的流动人员。高达 30 层的摩天大楼群在很短的时间内拔地而起，里面还配备了保安、地下车库、林荫步道和儿童游乐场。这个小区与周围典型的商品性住房没有多大差异，只是单位面积要小一些。2011 年的月租金是每平方米 11 元，每套标准公寓的月租金大约在 500 元上下。这个小区周围有好几个新开发的项目，有便捷的公交服务通向市中心和轻轨站。

在政府通过政策让外来务工人员和城镇居民共同生活这一点上，民心佳园算是个罕见的实例。一位正在小区的自动洗衣店取衣物的中年妇女说，她卖掉了原来位于重庆市中心的旧公寓，因为在民心佳园以同等价格租住的房子更大更新。“这里住着很多外来人员，但问题不大，”她说道，“再也没有人瞧不起乡下人了。”

不过，大多数外来务工人员却另有说法。城里人很少跟外来务工人员说话，除非要找他们做事。要识别外来务工人员也很容易，因为他们的举止依旧不合城市的规范。在重庆的主要购物场所，满目眼呆的老人高高地挽着裤脚，蹬着一双解放鞋，呆呆地打量着在豪华商场购物的本地有钱人。来自乡下的妇女试图把自己打扮得时髦一些，身着亮闪闪的紧身短裤和廉价丝袜沿街溜达。很多农村人都在努力地融入城市生活。

研究个人福利的社会学家朱义（音译）办了一家非政府机构，以帮助重庆的外来务工人员融入城市生活。机构提供的课程是讲授如何取得社会保险和政府培训项目，不过其主要目的还是提高外来务工人员的自信心。“外来务工人员进入城市后，常常会面临环境和文化上的迷茫。他们认为自己比城里人低一等，因为城里人总看不起他们，所以他们对自己的农村人身份感到不好意思。”她解释道，“我们的目的就是要改变他们的自我认识。”

外来务工人员努力融入城市生活是出于社会、文化和经济方面的原因。不过，将全国清晰地划分为“有”和“无”的户口制度，则把很多农村人这种自觉低人一等的心理进行了制度化。中国对于城镇居民的投入远高于农村居民，即便这些农村居民已经在城市中生活和工作了，也是如此。

附 1.1

北京清理城中村

在 2010 年被拆除之前，位于北京西北的八家村只是容纳城市贫民的数百个城中村之一。八家村隐身在首都北部的高校聚集区中，西边几百米远就是著名的清华大学校园，但其破旧的街道周边竟是北京工薪阶层和租住廉价房屋的数千名外来务工人员的小型聚居区。拆迁队一旦撤离，曾经人头攒动的村子就只剩下一大片清理一空的土地和一排排的树木。这些树木孤零零地伫立在平整过的灰尘蔽日的瓦砾堆里。拆迁点边上的一条标语写道：“整村推进城市化，共同创造美好未来。”

2010 年初，北京城区范围内和边缘地区的城中村，容纳了约 63 万本地常住人口和 280 万流动人口。“八家村”，顾名思义，是说这个村子曾经住着八户人家。它是市政府确定要在 2010 年拆除的 50 个城中村之一。该项计划是要把北京市原来的农村社区融入城市发展的血脉。拆掉50个城中村，可以腾出25平方公里的土地进行现代化住宅楼的开发建设。根据这项计划，所有本地常住人口——这些村子的集体所有者——将会被临时性地安置若干年，直至新楼盘修建完毕，再迁回老房子附近的新公寓楼。这些村民大多仍旧是传统的农村户口身份，既已成为城市化的村民，就将会合法地转变为城市户口。在村子原址上修建起来的新楼房，仍旧可以出租给外来务工人员，但一部分收入要上交给原来的村集体，让每一个成员共同享受。

北京的拆迁和安置做法与二战前后欧洲和北美的做法相似。与伦敦30年代清理贫民窟一样，北京是要拆除城市居民居住的不符合标准的老旧房屋，并以现代化的房屋取而代之。北京市的城中村既不同于狄更斯笔下那遍布肺结核病患者的伦敦贫民窟，也不同于现代化城市孟买那些疟疾泛滥的棚户区。这里的城中村既不肮脏也没有疾病，只是地方太拥挤，建筑太劣质，公共服务和设施太少，夏季的一场大雨就能把狭窄而垃圾遍布的大街小巷冲个底朝天。房间往往狭小而阴冷，屋顶低矮，很难透进自然光。村民共用室外卫生间——一到冬天就是个大冰箱——三人一排，中间没有隔墙，大家肩并肩地屈蹲着。

北京要把城中村改造成现代化都市区的计划，基于社会和经济两方面的因素。这一计划的主要目的是给本地工薪阶层提供像样的居住环境，同时为那些从祖国的四面八方涌进首都的外来务工人员提供全新的租赁房。另一个目的是要推进城市化进程，让底层社会也融入城市经济中。

已被拆除的城中村唐家岭，其位于北京市北部边缘的多条污秽街区，曾容纳了5万多名刚从大学毕业的“蚁族”，即年轻白领和暂未找到工作，在其他地方又找不到像样住处的年轻人。海淀区政府于2010年夏季拆除了整片区域，并承诺把杂乱的街道和拥挤的客栈改造成面积为10万平方米的新型公共租赁房。村子里曾经以租房为生的本地居民可以继续保留土地使用权，并可以从房租中提成。然而，以每套出租房的面积为10平方米来计算，可供租赁的房屋还不够容纳之前5万租户的1/5。因此，还很难说这个方案是完美无缺的。

八家村的拆迁和安置计划与唐家岭大体相似。北京正在尝试的是一种城市安置和融合的模式，其补偿标准远远高于全国平均水平，而且还为本地居民提供一种可持续的收入来源。之所以这样做，是希望避免因强占土地和强行拆迁而把居民赶出家门，进而避免引发社会动荡。当然，任何类似的难题都会以中国式的直截了当加以处理。“严厉打击拆迁和安置过程中的违法乱纪行为”，诸如此类的警示标语就悬挂在八家村的围墙上。各村的安置模式并不相同。不过很多当地人说，八家村常住人口拿到的房屋拆迁补偿款相当可观。开发项目结束后，他们可以用这笔钱购买一套现代化的安置房。底楼的店面将留给当地人经营商铺、餐馆或做小买卖，而得到安置的居民将自家房屋用于出租的行为同样受到鼓励。

八家村以北几百码远的拆迁点上，新建的安置公寓楼已经拔地而起。23层至27层的外墙被围成一片绿色，楼层标示清晰显眼，上面的标语把融入城市生活的原则说得一清二楚：“真正共享首都生活！”这个工地的诗情画意与其北边和东边成片成片的破旧城中村形成了鲜明的对照。流浪狗在满是塑料袋的大街上走走嗅嗅，脱了毛的母鸡啄食着餐馆的剩饭剩菜，路边晾晒着洗过的衣物。小巷污秽的墙上贴着招工的小广告。满大街的小摊贩都在售卖劳务输出大省——四川的各种小吃。

这一片街道已打上拆迁标志，只是没有人知道什么时候拆。现在，这里接纳了曾经租住在八家村的外来务工人员。他们赶在拆迁队到来之前又沿路找了过来。来自成都农村的舒太太带着两个孩子在八家村一间10平方米的出租屋里居住了十多年，每月支付房租200元。她现在租住的房屋要500元，再多一点就交不起了。安徽籍务工人员刘先生的情况大致相同。“新房子修好之后，我肯定拿不起那么贵的房租，只有出城去找便宜一点的房子喽。”他说道。从理论上说，廉价的出租房对于像舒太太和刘先生这样的非本地户籍人口具有吸引力——但仍然存在数量和租金的问题。这些房屋能否真正被贫穷的外来人口租到，将决定着北京的“融入城市”计划究竟是成是败。

附1.2

出局的学校

2011年8月，就在新学年开学的前几天，北京市政府要求关闭专供外来务工人员子女就学的24所非法学校。政府解释说，受影响的孩子约有14 000名（不过也有报道说这一数字接近30 000），关闭这些学校是为了让孩子们免受劣质建筑和教学的影响。不过，这一决定还是在外来务工人员和本地居民之中引发了极大的不满，大家都责怪市政府践踏了外来务工人员的诸多权利。以上两种说法都有一定的事实依据。

教育部的纲要规定，所有地方政府都有义务为进城务工人员子女提供九年制免费教育，但相当数量的进城务工人员子女根本进不了公立的中小学就读。政府调查显示，有超过一半的孩子要回老家接受教育，并跟随祖父母或外祖父母生活。至于留在城镇的进城务工人员子女，有80%能够进入公立中小学就读，20%则只能进入专为进城务工人员子女设立的私立学校。如果以上数据准确，那么只有不到40%的孩子能就读于父母务工所在地的公立学校。

在北京的2 000万人口中，有超过1/3的人属于外来务工人员，他们中的近50万个孩子已经到了接受义务教育的年龄。根据当地教育主管部门的统计，这些孩子中的70%现在就读于公立学校。约10万个孩子就读于专为进城务工人员子女开办的私立学校。

外来务工人员的子女如果要在北京进入公立学校就读，他们的父母需要提供五项资料，以证明其在当地就业且具有暂住身份。实际上，家长们也可以通过缴纳学费之外的“赞助费”的方式，让孩子进入公立学校就读。然而，很少有外来务工人员拿得出所需的几样证明文件，更少有人交得起额外的费用。

北京市各区政府声称，他们计划关闭全市所有未经批准的学校。除了在2011年夏季关闭的24所之外，被划为非法办学的还有114所。条件较好的学校可以取得办学许可并继续开办，其他的则只能关门大吉。政府官员说得很清楚，这些非法学校许多都不具备基本的办学条件，纯粹以赚钱为目的，几千个孩子在劣质校舍内接受的是不符合条件的教师的教育。不过，关闭这些学校也可能出于其他原因——因为地方政府想把地皮进行出让开发，或者最有可能的，是教育预算大大超支。政府官员们首先要担心的是，开放公立学校意味着鼓励进城务工人员把子女接到城市接受教育，而这会给当地教育体系带来致命的冲击。

尽管有这样的负面消息，但北京在近几年的情况也许还算不上恶化。进城务工人员一直在想方设法寻找能够负担得起的学校教育，所以不少人只好把自己的子女送回老家。而事实上，携带学龄孩子的外来务工人员的数量还在不断增加，说明情况正在得到改善。以北京东部外来务工人员聚居的辛庄为例。长住此处的居民说，在2008年之前，他们的子女根本进不了当地的公立学校，但2008年以后，有些孩子便能进入学校跟北京本地人一起读书了。非法私立学校被拆除之后，曾在这里上学的孩子们的父母着实感到痛心。不过，当地政府很快就另建了一所学校，选择的地点位于原来城中村的边上，交通颇为便利。

实际上，中国城市人口的变化，意味着进城务工人员子女接受学校教育的情况很可能会得到改善。由于中国的城市更严格地执行独生子女政策，城镇原住人口正在加速老龄化，这意味着数千所学校将不得不关闭，数百万教师将不得不下岗，除非这些学校能够招来新的学生。把教育对象扩大到进城务工人员子女身上，显然是一条解决之道。要不了多久，中国的学校就会坐满“移民”子女，这样的情形像极了当今许多西方国家的城内学校。

当前，关于中国进城务工人员子女入学的记录依然分散不全。有些城市已经制定了比北京市更进一步的政策。以上海为例，很多中小学已经向没有本地户口的孩子开放。不过，全国上下仍然有数百万进城务工人员的子女被排除在公立学校的大门之外。即便少数人成为幸运儿进入了城市的公立学校，一旦他们年满 15 岁，也只能回到自己远在乡下的老家去上高中并参加高考。

第二章

◆

绿卡炼狱

——改革户口制度

◆

CHINA'S URBAN BILLION

The Story behind the Biggest Migration
in Human History

重庆郊县农村的农民在进城找工作的时候，很多人最后都落脚到了十八梯一带的城中村。收留进城务工人员的这些建筑物，大多可追溯至20世纪30年代末40年代初。中国当时的国民政府领导人蒋介石把这座位于长江边上的雾都变成了抗日中枢。西方人所知道的重庆，地处内陆，因而能够免遭日本帝国主义军队的劫掠。不过，这座战时的陪都还是很快成为日本炸弹的轰炸目标。1939年，一场长达两天两夜的轰炸夺去了5 000名平民的性命。

步行只需十余分钟，就可以从十八梯来到市中心的商业区解放碑。这座石碑立于1946年，原本是纪念抗日战争的胜利，不过在1950年，又被改为纪念国内革命战争中推翻蒋介石国民政府的胜利。现在，这座纪念碑的四周分布着豪华的外资商铺，清晰地显示了过去十余年间这座城市所创造的巨大财富。不过，那一排排搭建在俯瞰长江的山坡上的破旧黑色建筑，让人丝毫看不出财富的迹象。满是水洼的巷子两边是一座座低矮潮湿的房屋，上面支着一块块肮脏的帆布。搬运工挑着沉重的箱子呼哧呼哧地爬石阶，妇女们在黑黢黢的厨房里洗铁锅。

山下的南纪门劳务市场，总有一群扯着嗓门说话的进城务工人员，他们每天都聚在这里找活儿干。这些劳务人员多来自重庆的乡下，有的则来自周边的四川和湖北。他们举着几块自我推荐的纸牌子：厨师、建筑、送货。他们说，报酬不高的工作并不难找，可要遇到给钱公道又不拖欠的东家就比较难了。“老板都是大骗子。”一个徐姓矮个子说道。“不过最大的骗子还是政府的某些官员。”一个皮肤病严重的钟姓四川人说。“他们许诺起来头头是道，但全都是空话。”他说，“我们在城市里生活，却完全没有城里人的感觉。我们买不起房子，也买不到社保。”他指了指蹲在人行道上的一个满脸胡须的男子——那个人眼神呆滞，表情迷茫。“这些人在城里找不到活儿干，只能睡大街。”他摇了摇头说道，“压力稍大一点，他们也许就慢慢精神失常了。”

钟先生和徐先生跟另外四个进城务工人员一起，住在十八梯一间没有窗户的水泥房里。房间内，用竹竿和厚棉絮搭成的床铺上躺着一个瘸腿男子，他床头的壁架上堆放着几只廉价行李箱和尼龙编织袋。房里唯一值钱的物件是一个电饭煲。门外的一根木桩上悬挂着简陋的手写广告牌：“床位：3 元一晚。”租客们从一扇砖石大门进来，还得从一堆房主收集来准备卖钱的空瓶子、纸箱子和其他废品旁边经过。老鼠是这里的常客。过去几年间，重庆已经拆除了其他类似的区域，十八梯也注定难逃拆迁队的大锤（中国的拆迁通常由手工完成）。

住在十八梯的外来务工人员生活在城市的最底层。他们被官方划分为暂住人口，过着临时性的生活，永远不可能在城市扎下永久的根。重庆所进行的户口制度改革，也许堪称全国最为激进的实验，但这些人仍旧没有永久居住的资格，尽管他们已经在这座城市里生活了许多年。之前所进行的改革，只允许具有稳定工作和稳定住所的长期性外来务工人员转成本地城市户口。因此，虽然他们在城市里生活，却几乎无法享受公共服务和社会福利。“我不回家，因为我已经不适应乡下生活了。”出生在丰都县、蓄着满头长发的杨姓外来务工人员说，“我既不属于农村，也不属于城市。”

* * *

东亚社会采用户籍登记制度的做法已有几百年的历史，家庭登记制度仍旧在中国台湾地区、日本、朝鲜和越南保留使用。户籍登记制度原本是为了给居民贴上具有基本属性的管理标签，与身份证制度颇为相似。不过，当中国于 1958 年引进现代户籍登记制度时，它增加了传统的户口要素和苏联式的压制性内部护照制度。现代户籍登记的设计初衷是让农业人口留在土地上耕作，并限制他们享受种种福利的权利。它把全体公民划分为农业人口和非农业人口，并把每个人所能享受的权利紧紧地限制于正式登记的居所之上。

户口制度一开始就把整个社会清晰地划分为两大部分：城市和农村。占少数的城市人口享有住房、就业、卫生、入学和口粮供应等权利，这一切大都由各自的国有单位进行供给。占多数的农村人口一直很少享有社会福利，全靠各自的土地获取食物和保障。随着 20 世纪 80 年代农村集体化的解体，这一简单并且严苛的制度开始有了松动。随着对人口流动控制的放松，户口制度逐渐失去了阻碍人口流动的主要作用。现在，至少有 2.2 亿中国人生活在户籍登记地之外的地方。不过，户口制度仍然限制着人们对于社会福利和公共服务的享受权利。进城的农村人可以临时性地在城镇里务工，但大多数不能享受卫生保健、物品折扣、住房福利，以及众所周知的向其子女开放的公立学校。

对数量庞大的进城务工人员来说，绝大多数人能得到城市户口的机会十分渺茫。他们属于一个独特的社会群体，既不算纯粹的农村人，也不算纯粹的城里人。户口制度不再是他们前进道路上无法攻克的堡垒，但它仍然是极为有效的阶层屏障，决然地把社会划分为城镇的享有和农村的不享有。西雅图华盛顿大学从事中国户口制度研究的专家陈金永教授说，这一差别化制度形成的，是“一座座具有无形围墙的城市”：进城务工人员可能在城市里生活，却不属于城市。他认为，户口制度“是产生不公平和不平等的主要因素，这也许是中国社会和空间分层的最关键的基础所在”。

因为进城务工人员被当作随时可能回到农村老家的临时性居民，各级政府和雇主很少将他们与城镇居民同等对待。中国于 2008 年开始执行的《劳动合同法》规定，具有正式用工合同的进城务工人员享有一定的社会保障权利。但这一系列的法律却很少得到强有力的落实。同时，雇主对绝大多数进城务工人员的雇佣都是非正式的。作为地位低下的外来者，他们通常被当作经济炮弹的牺牲品。中央政府曾经要求各级地方政府采取更进一步的措施，向外来务工人员提供卫生保健和学校教育，但在全国范围内，却看不到齐心协力解决这一问题的迹象。各级城市政府一般只会拿出最少的钱去防止社会的不安定。

现行制度的不人性之处显而易见：外来务工人员干着最脏最累的活儿，却拿着最低最少的社会福利。数以亿计的外来务工人员已经在城市里生活了许多年，却依然滑稽地坚称他们是合理合法的“农村人”。不过，把进城务工人员排除在城市福利制度之外，在经济方面倒是具有正面的作用：30 多年来，户口制度让中国在廉价的基础上极为有效地进行着工业化。所谓的“中国价格”，数年来让中国制造和出口的产品比其他任何地方的都要廉价，而这，正源于雇用了数量庞大、源源不竭的廉价进城务工人员。正如陈金永所说的，“没有城市户口的进城务工人员，已然成为助力中国经济引擎运转的最强有力的人力螺丝钉”。户口制度改革的第一步是要说服政府官员们，改革具有经济和社会两方面的理由。

* * *

在实行现代户口制度的前 40 年内，中央政府对于户籍登记和人口迁移采取了严格的控制。城镇社会福利来源于中央财政，北京决定着哪些农村户口持有人可以转为城镇户口持有人，但配额极其紧张。胸有大志的农民只有少数几条路可以尝试。比如，参军并农转城，或者进入国有企业本就不多的就业岗位。个体的迁移如此受限，以致户口制度所带来的最关键的差异仅限于“农村”与“城市”之间，因为几乎没有人生活在户籍登记地之外。

90 年代后期，随着大范围管理方式的改革，这样的情形有所改善，中央政府将户口控制权下放给了地方政府。自此以后，转为城镇户口的准入要求改由各地方政府自行决定，这意味着，目前各种户口之间的关键性差异由“农村”与“城市”之间的差异，转为了“本地户口”与“非本地户口”之间的差异。某个城市的长住居民只有在具备了本地城镇户口的情况下，才能享受全部社会服务——教育、医疗、社保等。在搬离自己的正式登记居住地之后，不管农村居民还是城镇居民，都只有缴纳额外的费用才能享受当地的社会服务。不能取得当地户口的做法既能阻止农村进城务工人员拉家带口进入城镇，也能防止城市熟练工人和专业技术人员“跳槽”去别处谋职。

1998 年，国务院通过了公安部提出的一项条例，取消对国内人口流动的若干限制。新的条例允许各级地方政府向先前由于不同的户口登记规定而两地分居的夫妻提供户口迁移，允许 18 岁以下人员自愿跟随父母一方进行户口登记（而不是原来通行的随母亲一方登记）。为了刺激对各大城市的投资，地方政府被要求向投资方、专业技术人员及其家庭成员提供配套的城镇户口迁移。这些改革措施使城镇居民较为容易地在各城镇之间实现户口转移，也使具有一技之长的农村进城务工人员可以登记成为城镇居民。

位于华北地区的河北省，其尘土蔽日的省会城市石家庄，是最雄心勃勃的早期改革城市之一。石家庄在 2001 年就急切地开始了改革，通过吸引外来拔尖人才和向数以千计的早已在城市里安家落户的外来务工人员提供本地户口的方式，刺激其相对落后的经济发展。市政府甄别了应该放松登记限制的八种人员类型，包括教师、商人、投资者和大学毕业生等。不寻常之处在于，它增加了一种类型：进城务工人员。条件只有一个：外来人员要在城市里生活并工作满两年。《中国青年报》为此刊登了一篇激动人心的报道，宣称石家庄的实验将“打破”户籍登记的界限，并为全国其他地方提供了“革命性的模式”。

石家庄的改革要比全国多数大城市走得远，但实际情况与媒体的宣传相去甚远。关于外来务工人员取得石家庄所提供的城镇户口的人数，各种报道出入很大，少的只有 11 000 人，多的却有 70 000 人，有的报道甚至说受益的外来务工人员多达 30 万人。有一点可以肯定，石家庄的户口改革既没有取消户口登记，也没有取消外来者的落户条件。相反，它们只不过是降低了变身为城镇居民的门槛而已。再者，石家庄的改革只是暂时性的：计划执行两年之后，当地公安部门提高了登记的门槛，只为有效地防止更多的外来务工人员加入城市市民的大军。

即便过了 10 年，石家庄的改革在全国的改革进程中仍旧极具代表性。极少城市官员有完全放弃户口管制的热情，他们担心一旦开闸，“洪水”将会淹没一切。至今，地方政府的官员还在沿用河南省会郑州的做法，并把它当成继续实行严格的户口控制的如山铁证。郑州在 2001 年引进了一些与石家庄非常相似的做法，结果使得城镇户口申请人数急剧增加。这些申请既来自长期生活在城市边缘地区肮脏的批发市场的外来务工人员，也来自居住在卫星城镇，并希望提升子女教育水平的居民们。官员们担心，大量涌入的新增人口会使基础设施和种种服务的负担大为增加。2003 年，市政府承认改革失败，并重新实行原来在城镇户口方面的严格控制。

其他城市所采取的办法各不相同。过去 10 年间，不同的省份都宣布将取消存在于农村和城镇户口之间的差异，并在新的统一的户口框架内对每一个本地居民重新分类。若干报道在解读这一改革时，说它预示了一个农民与进城务工人员将获得平等权利的新纪元。事实上，这一系列改革仅适用于某一镇、某一市，或者某一城区之内，并不适用于全省范围。大多数被挑中的试点地区仅剩少数农业户籍人口，其中还有很多人已经久未从事农业生产。通常情况下，居住在城市周边的农民们，已经通过放弃土地的方式获得了城镇户口（尽管他们所得到的各种利益往往无法与城镇原住民相提并论）。

最为重要的是，这些改革适用的仅是那些拥有本地户口的农民，而不是属于流动人口的外来务工人员。引入全新的办法将所有居民按照统一标准进行分类的省份之一是广东。然而，深圳和广州至今仍对希望获得当地户口的外来务工人员制定严格的入户标准。再者，名称的改变至今并没有给很多农民带来多大的变化。在成都，城乡的差异自 2005 年以来开始缓慢消除，但原来的农村户籍人口很少获得城市的社会福利。城乡身份的差异名亡实存。

截至 2010 年，城镇户籍人口总数已经达到 4.6 亿。这意味着，中国各大城镇还有 2 亿多人口未能享受大部分公共服务。然而，现实情况也许比直观的数字更加糟糕，因为城镇户籍人口总数实在高得令人无法相信。它把原来的数千万农村户籍人口涵盖在内，而这些人只是刚刚转为城镇户籍人口，根本没有被纳入社会保障系统。它甚至明确地将那些根据统一的登记计划而被重新划分为城镇人口的农民也包含了进来，可他们大多数人丝毫没享受到城市生活的各种益处。城镇的享有和农村的不享有之间的差异在继续扩大。

* * *

全国各地进行的户口改革，形成了一大堆各式各样的政策，但大致归纳起来也就一点：原有的户籍登记制度在小城镇比大城市解放得更全面。为了获得一个地方的户口，所有的城市都要求外来者满足一定的条件，城市规模越大，迁移的条件就越高——这一政策在中国的“十二五”规划中表述得清清楚楚。大城市的学校和卫生条件一般较好，因此提出的政策比小城镇更为严格。非本地居民申请大城市的户口一般要求相当富裕或者有高学历。要得到小城镇的户口则容易得多，但这些地方的社会福利和其他生活设施要低很多档次。不过，即便如此，这些地方的城镇户口指标多数还是分给了本地农业户籍人口，而非本地以外的流动人口。

在各级地方政府自 90 年代末陆续推出一系列政策后，绝大多数进城务工人员仍旧无法拿到城镇户口，而对聚居在那些户口迁移标准高不可攀的大城市中心区的人员来说，则更是如此。进城务工人员几乎没有大学文凭，只有极少一部分具有商业头脑的外来人员具备足够的经济实力，可以走正规途径。以北京为例，户口指标只分给那些能够拿出相当于天文数字的 800 万元资本，并在该市设立公司的企业家。有时候，各地方政府在户籍永久性迁移方面新设的障碍，比原有的各种障碍更难以跨越。

遭罪的不只是进城务工人员：如果没钱、没关系，城镇户籍人口的跨城迁移同样十分艰难。北京也许还在执行着全国最为严厉的户口规定，就连刚从首都各大学毕业的学生也要苦熬一番才能拿到当地户口。如果既没有博士学位也没有硕士学位，那么，一个小小的本科生的最佳选择，就只能是找个当地人结婚。即便如此，他还得再等上 10 年时间，以便让政府相信他们的婚姻真实可信。这与外国人为了获得英国公民身份而跟英国人结婚相比，还要多等 7 年时间。在大公司就业的专业技术性雇员，情况就要乐观多了。这些公司每年都能从北京市公安局拿到一定的户口指标，以吸引具有一技之长的外来人员。小型的私人公司要拿到户口指标则十分困难，不过他们可以花钱从其他公司购买没有用完的指标。针对孤注一掷的个人，黑市应运而生，“户口贩子”声称能以十多万元的价格为刚毕业的大学生买到北京市的户口指标。

对于首都本地的农村户籍人口，这事就好办多了，他们一毕业就能拿到城镇户口指标。北京的 14 个卫星城市和 33 个小城镇的本地农村户籍人口，只要能证明其在城镇有固定的居住地，且过去两年间有稳定的收入来源，就可申请城镇户口。不过，这样的城镇户口持有者只能享受所居住城镇的社会福利，不能享受整个城市的福利。几年之后，这一政策会适用于所有外来人员，尽管极少外来务工人员能够达到对“居住地”和“收入水平”这两方面的要求。

相比之下，广东采取了一种积分制度，以区分专技人员和非专技人员。申请户口之前，长住型外来务工人员必须首先获取非户口类暂住资格证，并且要有缴纳社保若干年的经历。接着，申请者会在教育程度、专业技术、社保缴存、义工时间等方面获得一定的分数，总分达到 60 分才有资格提出户口申请。人们获得的大多是小城镇，而非广州和深圳之类中心城市的城镇户口。同样，很少有外来务工人员能够满足这些条件。

对大多数城镇户籍人口而言，没有本地户口的生活同样非常不便。他们要为子女的教育和医疗支付额外的费用。如果没有在本地连续纳税多年，他们甚至买不了房产或者无法登记车辆。不过，尽管老家有更好的条件，他们还是选择了放弃。随着工资的增加，民营企业开始大量供应房产，当地户口已经风光不再。富有进取心的专业人员迫不得已，只好到有限的几个大城市求职，因为那里有更多更好的工作机会。同时，城镇的专业人员还多了一个选项，既可以回老家享受医疗待遇，也可以把孩子送回老家读书。

这样的情形对于农村进城务工人员来说，就要艰难得多。他们通过各自的雇主参加本地社保的可能性，只有同为外来务工人员的城镇居民的一半。根据国家统计局 2009 年所作的一项调查，仅有 32% 的长住型农村籍外来务工人员在工作地点购买了医疗保险（而持有城镇户口的外来务工人员的同一比例是 56%），购买养老保险的比例降至 24%，购买失业保险的比例更是低至 10%。在 2011 年的一项独立调查中，以上比例更加糟糕：仅有不到 20% 的人员购买了医疗保险或者养老保险。很多农村进城务工人员根本没有参加任何形式的社会保险，几乎全部游离在以雇主缴费为基础的社会保险网络之外。

问题之一在于，社保系统的设计并不专门针对经常变换工作和城市的就业者。这一套系统对于大多数城市就业者来说运作良好，因为他们通常具有固定的居所。可是，对于因为临时性雇佣身份而无法满足“标准就业”要求的外来务工人员而言，这样的制度无异于一堆废纸。比如，从事一般性服务工作的雇员很少能拿到加入社保系统所需要的各种文件资料。此外，社保账户异地转接的难度也意味着，外来务工人员加入这样的系统不具有实际意义。为了拿到退休福利，劳动者必须有缴存社保 15 年的记录。如果迁往其他城市，他们可能会将自己的账户提现，可这样做又拿不到雇主缴存的那部分钱，因为这一笔钱存积在一个独立的社保基金库中。因此，即便有极少数外来务工人员确实提取了老年退休金，但与城镇户籍人口拿到的数额相比，其数额则大打折扣。

解决这些问题的第一步，是要建立一套更加灵活的社会保险体系。目前正在进行一系列的实验。例如，浙江省允许外来务工人员在缴存社保金额较少的情况下，享受有限的福利。这正是针对外来务工人员抱怨参加城镇职工社保计划费用太高而作出的变通。上海则针对没有本地户口的就业者，专门设计了一套全新的综合保险体系。不过，形成全国通用的社保体系的关键，还在于实现个人社保账户的异地迁移。

建立真正可划转的全国性社保体系，带给管理者的挑战确实巨大，但组成社会有机体的各个板块正在日趋固定。进城务工人员目前虽然仍旧具有高度的流动性，但其固定性与原来相比还是提高了很多。国家统计局 2009 年所作的调查表明，57% 的外来务工人员在城市里生活了 5 年以上，27% 超过了 10 年。外来务工人员在同一岗位上工作的时间平均为 4 年。同时，拉家带口的外来务工人员数量持续增加，因为越来越多的人在城市里看到了自己的希望，占比很大的第二代进城务工人员，即 80 后、90 后进城务工人员，他们没有回乡下老家的意愿。

随着进城务工人员在城市里永久性地居住下来，将社保延伸到他们身上的紧迫性会日渐增强，但是管理层在向他们提供社保方面的挑战反而有所减低。这一变化已经在政策中有所体现。2011 年 7 月生效的社保条例规定，外来务工人员可以在各城市之间划转退休金、医保和失业保险金。不过，这一政策在现实中能否得到落实，还需要拭目以待。

* * *

公众对于户口改革的支持日益强烈。自由知识分子尤其相信，现行制度在道义上难以立足。2010 年 3 月 1 日，就在一年一度的全国人大会议前夜，几个大城市的 13 家报纸联合呼吁政府加快户口制度改革。“现行户口制度已经危害中国太长时间了！”他们如此一致地宣称。“我们认为，人人生而平等，应该具有自由迁移的权利，但全体公民均为诞生于计划经济时代的过时政策而受累！”在如出一辙的社论中，各大报纸要求全国人大代表齐心协力废除“户籍登记制度这一副看不见的沉重枷锁”。

对政府政策罕见地一致提出批评，发生在党中央和国务院宣布将进一步放宽中小城市的户口限制之后。北京《经济观察报》认为提出问题的时机已经成熟，遂联合其他报纸一起行动。不幸的是，他们错误地解读了政治风向。中共中央宣传部敏锐地作出反应，要求涉及其中的出版物各自删除网络上的社论性文字。关于户口改革的各种言论更是在一夜之间退出了公众的话题。

整整一年，既得利益和保守的惯性似乎占据了上风。但政府系统内部的自由思想家继续发出改革的呼声，国务院直属的智囊机构——国务院发展研究中心便是一贯的支持者。2011 年 8 月，国务院发展研究中心出版了一本著作，认为政府应该建设更加公平合理的社会，使外来务工人员能够共享城镇化的成果。该书大胆地指出，由于未能把外来务工人员与城市居民完全平等对待，从而导致了许多“社会疾病和社会危害”。该书还说，制定的各项政策应该让外来务工人员充分享受包括住房和福利在内的种种社会服务，在适当的雇佣保护下进入城镇企业，并让他们的子女免费进入当地的各级学校。

6个月之后，也就是2012年年初，户口制度改革再一次被提上了政治议程。一则落款时间为2011年2月，却在一年之后才予以发布的公告宣称：长住型外来务工人员及其家庭成员在地级城市应该能拿到本地户口。省会城市和其他大型城市依然不在此列，但进入城市社会的门槛在逐渐降低（说慢慢冰释也许更好一些）。他们还要求各级地方政府不要将安排就业、职业培训和子女入学等资格同户口身份捆绑在一起。温家宝随后在一年一度的全国人民代表大会上指出，政府要充分优先地把在城镇具有固定工作和稳定住房的进城务工人员登记为永久性城镇居民。

将基本的公共服务同户籍身份剥离的做法，已经在全国好几个地方悄然开始。自2009年以来，深圳、浙江、广东、江苏、重庆和成都等地都已启动居住证制度，让外来务工人员可以享受当地的社会服务。有些地方实行的居住证制度独立于全国通行的户口登记制度，让外来务工人员比较容易地就能享受一些有限的社会服务。包括上海在内的一些地方虽然设定了较高的资格门槛，但也给出了比较综合的社会保险打包计划。其他一些地方兼而有之，既向临时居住证持有者提供有限的享受资格，也向永久居民提供完全的享受权益。

世界银行和国务院发展研究中心在2012年年初发表的一项联合

报告《2030年的中国：建设现代、和谐、有创造力的社会》认为，中国应该设计出全国性的框架，将居住证制度覆盖至所有的进城务工人员，并以此作为向外来务工人员不分其户口身份地提供社会权益的首要步伐。与此同时，各级地方政府应该继续降低本地农业户籍人口转换户口的门槛。该报告结论性地指出，“户口制度的改革需要在较长时间范围内采取阶段性策略，最终目标是简化户口登记，并使之与各种社会权益实现剥离。”

居住证制度的“阶段性推广”可以首先确保各地采取相似的标准，以便确定哪些人有获得居住证的权利。这些标准也许可以以在当地居住的年限、固定的住房、稳定的就业和社保缴存作为基准，虽然每一项条件在不同的地方仍然会有差异。一旦制定出全国性的框架，这一体系就可以逐渐在全国范围内铺开。这一体系的覆盖范围将逐渐扩大，首先是在地级城市的全体本地农村户籍人口中开展，随后扩展至省级范围内的全体农村户籍人口，最终将居住证发放给来自外省的进城务工人员。“在这一全国共同的框架之内，居住证制度将在这个十年期的后半段拓宽至全国。”联合报告非常肯定地指出了这点。

不要夸大居住证制度的延伸对于外来务工人员的重要意义，这一点非常重要。现行的居住证构想给他们带来的种种福利，比本地城镇户籍人口有限得多，其所代表的进步非常有限，但它确实为户口制度的改革提供了一条可能的路径，即在向外来务工人员提供全面的城市福利和毫无福利之间找到了平衡点。如果居住证制度在全国范围内执行，它将标志着意义深远的户籍登记制度改革到了一个至关重要的阶段。不过，这需要时间。即便是世界银行的提议，也并不设想在2030年到来时，能看到所有的居住证持有者享受同样的社会权益。

几乎可以肯定，钱是主要的绊脚石。谁将为这些昂贵的改革付出代价？三十年来，各级地方政府一直靠着廉价的劳动力来吸引投资和建设现代化城镇。正因为对外来务工人员缺乏应有的法律保护，各个城市才能以微弱的代价维持巨大的临时劳动力存量。在中国现行的财税体制下，地方政府必须承担让外来务工人员获得各种福利的财政负担。对资金困难的地方政府而言，通过向外来务工人员提供更多福利的方式来人为地提高劳动力成本的做法——尤其要让外来务工人员的薪资如愿快速增加——显得毫无意义。

有一种解决办法，那就是要让控制了大部分税收的中央政府更多地承担改革的经济代价。令人鼓舞的是，这样的信息似乎正在得到决策者的认可。中国应该建立起成本分担机制，为进城务工人员同等享受城镇社会福利而共同买单。然而，如果没有对中国财税制度进行伤筋动骨式的改革，我们就不可能看见实质性的变化。这应该成为李克强总理领导的新一届政府的重中之重。

改革现行制度日渐紧迫：将城市福利范围扩大至进城务工人员，既有政治的，也有社会的因素。在现有的社会模式下，中国可能正在形成一个巨大的、在经济方面一无所有且孤注一掷的、几无社会责任感的下层群体。由于长期受到城镇居民的轻视，进城务工人员的生活圈子和社交圈子自成一体，被排除在城镇社会之外。然而，大多数外来务工人员依然觉得自己的生活能够得到提升，大面积的不满情绪令人吃惊地罕见。不过，决策者也清楚，外来人员一旦感觉到游戏规则永远地置他们于不利境地的话，他们的愤怒情绪就会爆发。被剥夺了各种权利的外来务工人员的数量与日俱增，改革户籍制度将成为一种必然。

附 2.1
困顿于北京

65 岁的乞丐蔡安生风餐露宿于北京的街头，懒得关注农村发展的官方文告。“电视新闻尽拣好的说，说农村的生活如何有了改善，可全都是废话。”他说道，“农村人的生活根本没什么改变。电视上报道了总理对农村的视察，但根本不报道农村到底是个什么样。当官的说的不是一般的谎话——简直差得远。”

蔡安生的愤怒之情可以理解。作为双腿被截者，他日复一日地来到北京的三里屯这个外交官与本地富人摩肩接踵的区域，向购物者展示他那日渐萎缩的残肢。离蔡安生在路边的栖身之地几步远的地方，一家名为“巴黎世家”的商场出售的鞋子每双价格为六七千元。因为农村居民不能享受医疗费用减免，蔡安生说他在 30 年前自己掏钱截去了两条病腿。他没法耕田种地，没娶过老婆，也没有家人可依靠。他把田租给别人，靠租金勉强度日。“哪怕在乡下，这点钱都不够用。”他说。

截去双腿之后，蔡安生出现了大小便失禁的状况。他在裤裆里塞进厚厚的东西吸尿，但严重的便秘使他遭罪不少。“大便太干，我只能用手往外抠。”他一边说，一边晃了晃长满黄色老茧的手指。他露宿在一座引水桥底下，根本无法洗漱。"我来北京有两年了，家里没有人管我，我根本活不下去。老人院是给有钱人修的。我想不出其他办法。"

蔡安生去哪里都得靠他那辆1982年购买的绿色手摇三轮车。他全部的家当不过是一条毯子、一个枕头、一把雨伞、一只空茶杯，以及压在他屁股下的几件衣物——一件黑色夹克，一条从膝盖处剪断，可露出残肢的灰色裤子等。他打算等天气转凉了就回老家。"我不知道明年还会不会来北京，说不定那时候我已经死了。"他说，"这样活着真没意思。我的命连垃圾都不如。"

* * *

自从重庆和成都在2007年被同时选中作为城乡统筹的改革试点以来，重庆开始大刀阔斧地改革一些根深蒂固的全国性制度，涉及土地、房屋以及户籍登记制度。有些改革意在提升市场的角色意识，在农村地区更是如此。

重庆的城镇化目标在全国最为宏大。官员们计划在2010年至2020年间将1 000万农村居民搬迁进城，城镇化比例则从50%增加至70%。这样的改革意在提高农村居民的生活水平，同时降低重庆范围内农村地区的体力劳动增加值，因为农村地区的户均耕地面积只有不到1亩。决策者打算，让农民与城镇居民的人均收入比例从微不足道的28%增加至更有尊严的40%。在以山地为主的重庆，农村地区相当拥挤，而其城乡居民日益拉大的收入差距则全国皆知。2000年，城乡居民人均可支配收入的差距是 4 000 元，这一数字到 2010 年时增加了 3 倍多，达到了 13 000 元。

重庆关于推进城镇化和缩小收入差距的政策，正是中国长期以来尽力培育国内需求，让经济重归平衡的组成部分。如果农民放弃土地并在城市里找到收入不菲的工作，从理论上来说，他们会成为具有重要经济学意义的生产者和消费者。“十二五”规划把这一政策视若神明，但并没有说明城镇化目标应该在什么时候实现。各地期待制定出各自的政策。重庆的做法，旨在说服农村居民放弃自己的土地所有权和宅基地，并重新登记为城镇居民。作为交换，他们会获得城镇住房和社会福利。政府已经启动了一项大规模的公共住房计划，并宣称已找到了维持其财政投入的办法。

重庆城乡统筹的第一阶段于 2010 年至 2011 年得以实施，300 万持有当地农村户口的进城务工人员被转成了城镇户口（尽管尚不清楚他们是否全都及时获得了所有的城镇福利）。这其中包括近 230 万在城镇具有稳定工作和固定住房的长期进城务工人员及其家人，以及 70 万大中专毕业生。更为棘手的第二阶段执行期为 2012 年至 2020 年。官员们希望说服 700 万个农民放弃他们在农村的宅基地，并以此换取城市生活——这一设想完全不同于向已经定居于城镇的外来务工人员提供城镇户口。为了顺利推进户口转换工作，移居城镇的农民可以将农村土地所有权继续保留三年时间。

黄奇帆市长将这一过程简单地比喻为脱去粗糙的农民外衣，同时披上更为华丽的城市外套。不过，说服农民放弃土地远比这个比喻的含义来得艰难。很少有进城务工人员说自己希望得到城镇户口。“我不想失去农村户口。”正在重庆的市中区休息的一位进城务工人员李先生告诉我，“农村的生活好过得多，我自己想种什么就种什么。”李先生的村子远在两小时车程之外，他在十八梯租住的廉价木板墙房屋摇摇欲坠。“我进城只是为了挣钱。”他说。

农民秦先生的村子距离重庆200公里，他目前跟女儿住在城市里。他的女儿31岁，是一位会计，在城里有住房也有户口。但秦先生和他的妻子依旧保持农民身份。“新闻上说，到2020年的时候，重庆将会有2 000万人拥有城镇户口。”他见多识广地说道，“我们可以马上把农村户口给转掉，但我们不想，因为我们都老了。我们拿城市户口有什么用呢？”许多年轻的进城务工人员怀有类似的想法。国家人口和计生委在2010年对106个城市进行过一项调查，只有26%的受访进城务工人员表示，会在可能的情况下选择转成城镇户口。

政府推动城镇化的迫切愿望会冒险性地将人们拉入城市，而他们并不真正愿意搬迁，或者说在政府还没有对他们的就业准备妥当时，他们是不愿搬的。在鱼嘴，这个毗邻重庆北部大型经济开发新区的小镇，这一问题尤其明显。为给经济开发区腾出地方而被推倒房屋的农民，虽然住进了城市公寓楼，但只能靠政府的救济度日。靠开摩托车干点小差事挣点零花钱的陈先生是一位年轻农民，他说官员们曾经答应过每亩地给他们70 000元的补偿，并将安置农民转成城镇户口，但土地出让几个月了，他根本没有拿到任何补偿。“我宁愿过种田的日子。”他说，“我现在什么都得买，可镇上的生活消费高得多。”这是曾经靠土地维持低成本生活的农民一致的抱怨。

还有一个问题，那就是城镇化数量的目标给了官员们践踏个人权利的动因。很多情况下，将农村户口转成城镇户口带有强制性质：例如，农村户籍的大学生如果不登记为城镇人口，将不能顺利毕业。“包括政府在内，谁都对城镇化的目标能否实现心里没底。”重庆大学经济学副教授周文兴说道，“我非常担心他们采取过激行为，而不是以人性的方式执行改革。”在总结重庆的城镇化政策时，世界银行提出警告，说“户籍制度改革的目标应该大胆一些，但推进改革的步子应该渐进一些……只推动改革却不注意潜在的风险，这样做既有政治的危险，也有经济的危险”。

降低社会和经济统筹方面的门槛是值得称道的目标，但城镇化目标不会自然而然地变成现实。如果重庆的领导者不能向进城务工人员提供其承诺的社保福利，那么这座城市在城镇化方面的种种政策都将是灾难性的。实现可持续发展的城镇化过程的关键，首先在于促进长期性就业岗位的增加，其次是要消除人们到这些岗位上就业的障碍。将固定数量的人口迁移进城而不管其是否被雇佣，这样的政策具有极大的风险性。一旦政策失误，那些没有工作、没有土地、没有一切的农民就只能在重庆的街头四处游荡。

* * *

重庆的政策制定者相信，打消人们对城镇化进程的顾虑的最佳办法，是为进城务工人员修建更多价格合理的住房。进城务工人员目前多居住在十八梯这类地方的出租屋。在 2008 年至 2010 年间，重庆官方表示拆除了 1 200 万平方米的老旧房屋，并让 45 万人搬进了更大更好的住房。到 2015 年时重庆将建成 3 600 万套优惠住房。从这个意义上说，重庆的住房改革是安全的。

重庆急需新建的住房，不仅要容纳大量涌进的外来务工人员，而且要为已经生活在城市的数百万外来务工人员提供更高质量的生活保障。重庆官方曾表示，他们要在 2010 年至 2012 年间建成 4 000 万平方米的公租房，这是中国迄今为止最雄心勃勃的公共住房计划。按照每套房 40 平方米至 60 平方米计算，这可以满足 80 万个家庭或 240 万人的住房需求。其中，一半在重庆市内，另一半在直辖市的其他城镇。官方表示，这些公租房对能够证明具有稳定收入和六个月社保缴纳记录的任何人开放，而不问其是否有本地户口。而其他城市则保留了更为严厉的控制措施。以北京为例，这里的公租房只面向 30 岁以上的本地低收入者。黄奇帆说，他的长远目标是要让 30% 至 40% 的城镇居民都能住进公租房。

有人怀疑，城市的财政是否有能力支付如此高昂的各种计划。重庆大学的周文兴将政府的这种政策比喻成是“望梅止渴”——公元 2 世纪时，一代枭雄曹操曾让唇干口燥的士兵往前赶路，并在每一个路口骗大家前方有一片杨梅林。不过，从 2002 年到 2009 年，重庆的国有资产从 1 700 亿元飙升至 10 000 多亿元。黄奇帆宣称，重庆市国有资产的巨大增幅，让他能够将公司税率维持在 15% 左右，实现首次抵押免税，并将教育支出提高至全市 GDP 的 4%。市政府说，在 2011 年多达 2 600 多亿元的开支中，用于改善民生的项目用去了一大半。

过去 10 年间，重庆通过提升土地价值的方式大幅增加了自己的公共财政。规划者获得200平方公里的土地用于城市开发，且总是奇迹般的与规划好的公共基础设施建设项目比邻而居。随后，他们将其中的很多土地注入八个负责各类基础设施建设的地方政府投资公司。许多城市的地方政府先是获得土地用于公共项目建造，随后清场用于建设，然后再出售给房地产公司获取利益。而重庆的地方政府投资公司一般是将土地储备作为贷款担保，为建设项目本身提供财政支持。项目建成后，周边土地的价值得以提升，则又可以通过出售土地，获取更大的利润，且往往会升值到开发前的十余倍。在重庆市中心修建的朝天门长江大桥就是一个很好的例子。当地政府在周边拥有约500公顷的土地，大桥竣工后，这片原始地产一经出售就获取了巨大的利润。在其支持者看来，这样的融资模式形成了良性循环，使该市的各地方政府投资公司能以预期土地增资进行贷款和融资。

黄市长把来自国有资产的收益看成是市政府额外的“钱袋子”，是税收的补充。他说，重庆市新落成的漂亮的大剧院就是用国有资产，而不是人民的税收来修建的。黄市长还说，他计划用国有企业的利润来补贴成立60 000个微型企业，以雇佣下岗工人、大学毕业生和新增加的城镇居民——其中包括外来务工人员。按照黄市长的计划，每个企业近50%的开办资金，将由重庆市财政局和地方国资委通过地方国有企业以支付股息的方式予以资助。这种“社会间接分红”的灵感来源于阿拉斯加永久基金——它投资于美国的国家石油财产，并向每个居民提供年度分红。

全国最大的几家国有企业于20世纪90年代末、21世纪初进行改组之后，凭借其在国家经济体系中所占据的优势地位赚取了巨额利润，但是一丁点儿红利也没有分配过。2010 年，122 家中央国有企业的利润总和达到了 1.1 万亿元，其中仅有微不足道的 5%，也就是区区 600 亿元返回了中央的“钱袋子”。不乏让这些大型企业（包括几大石油巨头）多拿钱出来的计划，但这些来头不小的机构在中国俨然是微型王国，它们对此进行了强烈的抵制。而重庆的领导者却宣称，他们用国有资产资助基础设施建设和补贴企业的方式，将财富还给了人民。

说归说做归做，重庆的财政安排看上去也并无奇特之处。城市官员们仍旧依靠出售土地来资助他们那些雄心勃勃的建设项目，这还是一种非常谨慎的依靠土地增值的融资模式。随着城市资产负债表上资产方的不断膨胀，其债务也将越来越沉重。曾任伊利诺伊西北大学教授的史宗瀚估计，重庆的总债务可能会超过一万亿元。例如，居于重庆城镇化计划中心地位的大规模的公共住房建设，就主要以债务的方式进行融资。在所需的 1 000 亿元建设总资金中，市政府将提供大约 200 亿元，财政部将解决 100 亿至 150 亿元，剩余的 70% 由商业银行和国家主要的政策信贷机构中国国家开发银行的贷款支付。住房大多由一家地方政府投资公司，即重庆城建集团公司修建，它放弃了由各商业开发单位提出的 6% 到 8% 的返利。

然而，与让 1 000 万外来务工人员实现城镇化，以及随之而来的社会福利方面的花费相比，这样的数字就相形见绌了。重庆方面预计，让每个外来务工人员完全转成城市居民的第一笔花费将高达 67 000 元。重庆的官员们做过预算，其宏伟计划中，第一批 300 万外来务工人员完成城镇化的费用将达到 2 010 亿元：其中，1 240 亿元用于城镇社会福利，770 亿元用于土地补偿。他们说，希望用工单位和个人以分红和支付社会保险的方式承担大头，但这是否具有可行性尚不得而知。而市政府一旦启动针对其在 2020 年前要完成城镇化的第二批，也就是 700 万农民的补偿，那么，上述费用与后续费用相比，不过是小巫见大巫。

令人担忧的是，将每个进城务工人员转变为城镇居民所需的 67 000 元，甚至不包括长期的养老金支出。浙江大学的经济学家米红估计，重庆的养老基金将在 2018 年出现缺口。到 2038 年，今天的许多进城务工人员将陆续退休，而这一缺口会增至 1 860 亿元。此外，还有一项挑战，那就是要为大量涌入城市的居民修建足够的基础设施。重庆正计划新修建 115 所学校，其开支将是巨大的。就目前而言，市政府将信心寄托在城市的土地市场上，预计它能够通过出售更多的、能赚大钱的城市建设用地，来支付其中的多项开支。但这是一场极度危险的游戏。

* * *

重庆市规模宏大的户口制度改革走在了很多城市的前面，而其财政方面的问题在全国也具有很强的代表性。在中国现行的财税体制下，最大的问题也许是各地要为自己的户口制度改革承担成本。从全国范围来看，满足数量庞大的城镇大众的需求所需的成本，主要靠经验式推测。根据在嘉兴、武汉、郑州和重庆所作的调研，国务院发展研究中心作过估算，以2010年的物价水平为基准，为新增的每一个城镇居民提供终身社保的费用将达到10万元左右，其中的80 000元将由公共财政支付。如果中央政府愿意解囊相助，那么，各项改革的成本地方将更能承受得了。

假定中国在未来20年内将城镇社会福利覆盖至3亿进城务工人员，国务院发展研究中心的估算结果是，中国将会在每年形成一张1.5万亿元的巨额账单，也就是说，是2010年GDP的3.8%。如果每一个人减去20 000元，也就是发展研究中心认为可以由个人和用工单位支付的这一部分，那么，地方政府每年的负担将减少至1.2万亿元，也就是2010年GDP的3%。纵观全局，政府的总开支占到2010年GDP的22.6%。换句话说，为了承担这一额外负担，政府的支出将会占到GDP总量的26%——虽艰难，但可控。“公共财政对于实现外来务工人员城镇化的支出并非无法承受。”发展研究中心最后写道，“问题的核心在于，各级政府是否有能力调集到这么多资金。”

调集资金到底会有多难，这取决于诸多变量，尤其是城镇化进程和经济增长的速度如此之快。不过，中央政府的政策制定者需要作出决断，城镇化和户口制度改革的资金该怎么解决。谁都不完全知道，追求更公平的、具有社会包容性的城镇化进程会有怎样的财政意义。如果中央政府最终认为时机成熟，应该结束社会分层现象，并把进城务工人员纳入城镇社会福利体系，那么，它就应该公平地承担自己应有的份额。强制要求地方政府承担所有的重担既不可行，也存在潜在的风险。

与此同时，此前的证据表明，重庆潜在一种困境。农村居民大都不想放弃自己的土地，官员们只好采用强制手段来实现城镇化目标。很多进城务工人员买不起公共住房，当地经济也难以为他们提供足够的工作岗位。重庆的财政模式有赖于应用国家掌控的资本去实现宏大的社会目标。而这种依赖于通过人为推高土地价值获取银行贷款的方式，看上去与其他地方政府不太靠谱的融资模式惊人地相似。

作为中央直辖的大都市和西部开发战略的焦点，重庆市得到了中央政府异乎寻常的强力支持。2012 年 5 月，中央媒体报道，国家开发银行将向重庆的保障性住房建设项目以及其他基础设施建设项目额外注资。在其声名狼藉的前领导者倒台之后，重庆的迅猛发展应该能够持续。

重庆十分幸运，能够得到国家巨额的资助。而其他绝大多数城市就没有这样的运气了：他们在很大程度上要自己为城镇化进程买单。如果中国真要建立更加公平合理的户籍登记体系，中央必须主导并部分资助相应的改革。不过，中国没有理由不把社会福利的分配同户口身份剥离开来。这样做，户籍登记制度才可能像在中国台湾地区和日本那样，成为一种简单的社会记录系统。

附 2.2

城市生活

渝长江脚上穿着很多农村人喜欢穿的棉布鞋，但他那细嫩、白净的皮肤让人一眼就能看出他是个城里人。渝长江 1969 年出生于川东的一个村子，这个村子现在隶属于重庆直辖市。从他由农村进入城市，再住进公寓房的经历，可以证明，一部分进城务工人员能够成功地融入城市社会。

渝长江这个名字的字面意思是“重庆长江”。他在重庆开那种黄色的出租车已有五年的时间。他说起话来抑扬顿挫，普通话还算过得去，略带重庆口音。这和他那些乡下的家人和朋友大不相同，他们讲的方言很难让外人听明白。他在城市里生活了 20 年，早已有了城里人的世故，一副无所不知的样子。

渝长江的父亲去世很早，是他的母亲和舅舅养大了他。他们住的地方是一间传统的农家土院。他小时候上学要穿过一片水田，那里一到春天便开满了沁人心脾的黄色油菜花。15 岁那年离开学校后，渝长江回乡当农民，在齐膝深的稻田里干了两年的农活。18 岁那年，一家人托关系在 130 公里之外的重庆城里为他找了一份送货的工作。同 30 多年来数以亿计的进城务工人员一样，他来到城市，并在公司的宿舍里安顿了下来。

后来，渝长江用五年的积蓄考取了驾照。一家人凑了 2 万多块钱买了一辆小货车，于是他开始自己给人送货。2006 年，在城市里生活了近 20 年的渝长江拿出十多万元在重庆市巴南区买了一套公寓房，其余 70% 的贷款来自当时的农村信用社（农信社现已并入重组后的重庆农村商业银行）。到 2011 年，这套 90 平方米公寓房的总价已经涨了两倍。

在城里置下房产后，渝长江觉得时机成熟了，应该把农村户口转为城镇户口了。当地的入户条例规定，他必须有大学文凭。但一个朋友介绍他认识了政府的一位官员，这位官员帮他绕过了政策。

而渝长江的妻子仍是正儿八经的农村居民，因此对老家那一小块土地仍享有权利。“我老婆还是农村人，”他说，“但我们在城市生活了这么多年，早就把自己当成城里人了。”

渝长江和他的妻子仍希望维持一家人和土地的最后那一点联系，但他们都说城里的生活确实很好。2007 年，渝长江把小货车换成出租车，每个月的收入因此增加到了 3 000 多元。现在，他有了数年的城镇居民养老金缴存记录，女儿免费就读于当地一所学校。“她是班长，考上大学不成问题。”他自豪地说，“她的爷爷是个农民，没怎么读过书，简直不敢相信自己的孙女能在大城市读到这么好的学校。”

附 2.3

崛起的江城

在重庆，有一座明星城市，那就是灰蒙蒙的江城涪陵。它位于长江和乌江的交汇处，西距重庆主城 90 公里。绿色群山环抱涪陵，也阻隔了涪陵与毗邻的国际大都市重庆的地域联系和经济联系。直至 20 世纪 90 年代末，才有高速公路把两地连接起来。以前，涪陵人要花上大半天的时间坐船经长江才能到达重庆港；现在，乘坐火车或者班车只需一个多小时。目前，涪陵仍有一些片区看上去像彼得·海斯勒 2001 年出版的回忆录《江城》里描述的那样，房屋斑驳、灰暗，家庭小店铺比比皆是。不过，涪陵也在扩张，并已初现繁荣。

涪陵区有120万人口，城镇居民和农村居民正好各占一半。到2020年，居住在城镇的人口总量，将从现在的65万增加到78万，从而使涪陵的城镇化比例上升到65%。当地官员正努力把涪陵这座古老的闭塞之地转变为重庆市的时尚卫星城市。2009年，涪陵在乌江上建了一座宏伟壮观的悬索桥，还新建了能够俯瞰两江的大剧院和五星级酒店。人们希望，乘坐游轮沿江游览三峡的有钱人会在这里稍作停留。当地人说，与10年前的破旧相比，包括中央广场、滨江长廊在内的崭新街道和公共区域的巨大变化，真是日新月异。

然而，还需要更多的资金投入，以便为本地居民以及从周边乡镇不断涌入的外来务工人员提供更好的住房。沿江一带灰暗的破旧房屋正一点点地被拆除，取而代之的是崭新的公寓楼。在为三峡工程而建的挡水墙的后面，一座座豪华住宅楼在原来的河滩上拔地而起。这些楼房的价格只相当于重庆主城区的1/3，或者仅相当于顺江而下2 000公里之外的上海的1/10。在涪陵只要50多万元就能买到一套宽敞的四居室江景房。但很多当地人还是买不起，对进城务工人员来说，更是难以企及。

以40岁的甄早全为例。他出生在涪陵的一个小村子里，20世纪90年代带着妻子和年幼的儿子来到珠三角，在广州一家计算机软件工厂一干就是六年。2000年，他们举家回到涪陵，东拼西凑在城里买了一套便宜的房子。按照当地的户籍登记制度，有房产便能将一家大小转为城镇户口，不过甄早全得先为他违反计划生育政策而生下的女儿缴纳罚款。由于在涪陵找不到合适的工作，甄早全只得卖掉房子买了一辆轿车。目前，他开着车满城跑，既拉人又送货，租住在一套月租金只有300多元的黑乎乎的破旧公寓里。

甄早全是过去10年间获得重庆市城镇户口的农民代表之一。与大多数人一样，他得到的土地补偿金少得可怜，只能供一家人勉强度日。雪上加霜的是，他目前租住的那套破旧但便宜的公寓楼很快就会被拆除。对甄早全和与他一样的进城务工人员来说，关键在于让他们得到价格优惠的公共住房。这样，他们才能承担得起在城市生活的费用。“像我这样的人，去哪里找50万块钱来买新房子呢？”他沮丧地说道。

第三章

◆

田厂对决

——土地之争

◆

CHINA'S URBAN BILLION

The Story behind the Biggest Migration in Human History

目前，中国的土地分为两大类：城镇和农村。城镇的土地属于国家，但开发商、公司和房主可以租用70年时间。农村的土地属于村集体，它可以将地块出租给农民，期限为可延展的30年。农村土地又可进一步划分为两大类：耕地和宅基地、公共建筑以及道路占用的建设用地。村集体有权出售其所拥有的土地，但不能直接卖给开发商。只有当地的政府才有权将村集体的土地转变为国有城镇土地，然后用于开发建设。因为城市建设用地的价格远高于农村土地，所以地方政府便能够从中获取差价——以低价购进农村土地，再作为城市建设用地，以高得多的价格把它卖出去。这一赚钱的买卖是地方政府的大摇钱树，政府纷纷把土地买卖作为其财政收入来源的大头儿。

集体土地所有制应该保护农民，使其利益不受开发商的侵害。但村民往往成为一些贪婪的村干部和地方官员的牺牲品，后者可以将公用土地卖给开发商以换取个人利益。只要开发商和地方政府建立起良好的关系，他们将新购进的农用地块变成国有城镇建设用地应该不会有太大的问题。

乌坎事件可以算作一个典型。在此事件中，乌坎的村民抨击村干部在十多年间卖掉了数百公顷集体土地。所以，只要权力集中在一小撮贪腐的村民代表手里，土地渎职事件就会层出不穷。

要解决非法掠夺土地这样的问题，其中一条便是要允许村民通过公平选举的方式选出村民自治委员会。在缜密的制度下，乌坎的村民选出一个 11 人组成的委员会，以监督产生村代表的第二轮选举。这一批村代表再来监督通过独立的第三次投票选举出来的村委会的权力运作。这一迂回曲折的体系使权力很难再集中于少数几个人的手中。当然，谁也不敢保证不会再产生腐败现象，毕竟对于土地的需求始终存在。因此，中国务必要找到一种公平、有效的办法，确保农民在土地被征用的时候能够获得合适的补偿。

随着中国着手于雄心勃勃的户籍制度改革，越来越多的农民将会离开土地进入城市。中国的《物权法》肯定地指出，国有土地和集体土地应该受到同等保护，但农村的房屋仍面临着被征用的危险。私有财产权不仅要保护农民权益，使其不受侵害，还应该迈出必要的步伐，建立更加健康的城镇化方式，使之植根于允许农民靠土地获取更多收益的基本原则。如果中国当真要提高农业人口的生活水平，那么，仅仅注资农村，让农民改变身份还远远不够。

* * *

中国所进行的土地改革开始于中国共产党在 1949 年取得国内革命战争的胜利之后。毛泽东和他的同事们着手建立一个共产主义的理想社会，这一理念产生的根源则是全中国广大农民的集体主义力量。地主手里的土地已经被没收，并在农村集体组织之间进行了重新分配。在 1958 年至 1961 年的“大跃进”期间，农村集体组织下的村民放下锄头，在自家后院支起高炉熔炼生铁，全国被饿死的人口总数估计达上千万。农村集体制当然不是这种疯狂政策的主要原因，但它把这种政策的后果变得更加糟糕。除了满足规定的指标之外，农民没有一点生产积极性，生产队的干部只会“放卫星”，地里其实颗粒无收。

1978年，在十一届三中全会上，中国新上任的最高领导人邓小平和其他许多高级干部终于废除了关于集体所有制的灾难性试验。接下来的五年间，开始了新型的“家庭联产承包责任制”。原来由每一个村民组成的村集体依然存在，且拥有土地所有权，但每一个家庭有权耕种一块地，并按照自己的意愿进行种植，交完公粮，还可以出售余粮。这样做的效果十分明显：推出这项改革的十余年间，农业产量增加一倍，家庭收入增长两倍。由于乡镇企业迅猛发展，农村的经济蒸蒸日上。

但90年代后，摆锤重又偏向了城市。20年来，城镇居民收入大幅超过农村居民，城乡生活水平的差异甚至出现了断裂现象。家庭承包责任制的批评者将其归咎于农民缺乏财产权。农村的村民没有权力出售自己的宅基地，也不能将分配给自己的农用地用于抵押。相比之下，城镇居民却有权将自家房屋进行出售或抵押（即便用于修建房屋的土地依然属于国有）。进入21世纪，新兴的城镇房产市场突飞猛进，房屋价格节节攀升，成千上万的城镇居民收入顺着住房交易这个台阶稳步上升，腰缠万贯。而广大的农民却被排除在房产市场之外，无法分享土地升值所带来的经济收益。

政策制定者早已意识到这个问题，但土地改革的盘根错节使其具有意识形态方面的难以操作性。正如几家最大的企业属于国有性质一样，集体土地所有制是共产主义神圣不可侵犯的政策之一。土地改革的支持者指出，自从城镇房产市场在20世纪90年代末实现私有化之后，中国的城镇面貌得到了改观。他们认为，强化农民的土地使用权有助于更有效地进行土地的重新分配，增加农民收入，建立可持续发展的城镇化模式，并最终刺激国内需求。但共产党内的一些人担心，放宽土地租用制度会带来风险，从而将农民推回黑暗的旧中国时代。根据共产党的宣传口径，农民会成为依附于拥有大量土地的地主的佃户。这些人担心，如果向读书不多的农民赋予转卖土地的权力，就会重新形成一个大肆攫取土地的大地主阶层，从而垄断全国的农村地区。过激的改革能形成巨大的消费群体，但也有孕育流氓无产者的风险，导致无地农民大量涌入城镇的城中村。

在这种背景下，中央政府在20年的时间内一点一点地确立了更加强调农村财产所有权的法律框架。其首要的原则一直是在向农民赋予更多的土地权利，但同时也竭力避免任何私有化倾向。1998年迈出了重要的第一步，修改后的《土地管理法》将土地使用权从15年延长到30年，并要求村集体与所有的农户签订书面的土地使用合同。2003年的《农村土地承包法》严格禁止村集体在30年合同期内根据家庭规模的变化而“调整”土地。原则上，这一系列措施稳妥地确立了市场化的土地使用权，允许农民将自己的土地用于出租或交易，尽管不能出售。

土地改革的支持者认为，建立土地市场将会释放中国农村1.2亿公顷耕地的经济价值。这与秘鲁经济学家赫尔南多·德·索托在其颇具影响力的著作《资本的秘密》一书中的观点形成呼应。德·索托认为，明晰的财产权利能够实现土地的“休眠”价值。只有界定清晰的、与市场结盟的财产权利，才能给这种“死的资本”“赋予生命”。他的观点在东亚，尤其是韩国和中国台湾地区得到了印证。20世纪50年代，台湾实行土地租佃制度改革，佃农具有完全的私有土地所有权，这为台湾创造经济奇迹搭建了平台。在改革之后的十余年间，台湾年均水稻产量增加60%，农民的收入增加了150%。高收入最终孕育产生了民众对于服装、住房和家居产品的高消费。

中国并没有正式的计划要实行农村土地私有化。实际上，中国的高层领导总是竭力避免提及私有化。不过，各种各样的土地改革观点正蓄势待发。尽管总体的进展尚显迟缓，但有些做法得到了中央政府的认可，一些改革措施则在地方层面得以推进，甚至还有一些带有争议性的措施，释放出私有化的气息。

北京真正严肃对待土地制度改革的第一个迹象出现在2008年，参加十七届三中全会的领导集体遵循旧例通过了《中共中央关于推进农村改革发展若干重大问题的决定》。《决定》指出，农民可以将自己的土地使用权进行转包、租赁、转让或入股，并承诺将农民的土地使用权从30年进一步延长。该《决定》颁布时，恰逢颁布前一轮土地改革制度的十一届三中全会30周年，而那一制度正是改革开放开始的标志。这个日期显得非常重要。布鲁金斯学会专门研究中国高层政治的专家程力（音译）预言，未来的历史学家会把2008年通过的这一决议看成是“当代中国的一次里程碑事件”。

程力把胡锦涛倡导的土地改革计划的总体目标归纳为“三个转移”：第一，允许土地使用权从一个农民转移到另一个农民头上（一般会经过简单的土地流转)；第二，帮助农村剩余劳动力转移进城并成为城镇居民；第三，鼓励金融贷款和各类投资向农村地区转移。中央农村工作领导小组办公室主任陈锡文说，这一系列新政策的制定，不仅是为了加强土地流转过程中法律框架的建设，同时也是要保护农民免遭地方政府的土地掠夺之害——这是目前为止中国农村地区社会不稳定的最主要的根源。

这些改革措施强化了农民的财产权，使之更有信心地将自己的土地出租，或投资于新型作物和种植技术。除了强制性地推进城镇化之外，也有必要提高几亿农民的收入，使之愿意继续从事农业生产。随着城市化进程的不断推进，农业产量必须继续保持增长态势，否则，农产品的供应将无法满足需求，通货膨胀将吞噬掉高收入带来的实际所得。对于那些有意迁入城镇的农民来说，他们可以依靠土地获得额外的租金收入，这有助于他们在城市里的各种消费。因此，确立更加牢固的农村土地所有权，也是城镇化过程健康发展的重要一步。

早就准备好要启动土地改革的城市有两个：成都和重庆。2007年，这两个西南地区最大的城市被挑选出来作为土地改革的试点，旨在让农村居民融入城市社会，并缩小城乡财富差距。第一步，便是运用产权交易所将市场的力量引入到农用土地的流转过程。从全国来看，土地流转现象越来越普遍，但通常只建立在很随意的口头合同上。产权交易所的引入，为规范和刺激土地流转的范围找到了办法。三中全会结束的第二天，成都开设了农村产权交易所。一个月之后，重庆宣布将建立自己的农村土地交易所。

成立这两个交易所的目的都是为了提高农民收入，推动城乡统筹发展。农民将自己的财产和土地使用权流转给其他农民或者农业企业，可以一次性获得一大笔收入，也可以按年收取租金。这两个交易市场都允许农民自找买家，自定价格，也允许他们在获得现金收入后不再从事农业生产。就官方而言，这两个城市的做法仍处于试验阶段，但有媒体报道，政策制定者已经在考虑将类似的土地交易市场推广至全国。如是，则成都和重庆将成为全国改革的样板，进一步解放农村经济，极大地促进城乡之间的融合。

附 3.1
刨地

中国的领导人经常说，提高全中国 6 亿多农民的生活水平是他们的头等大事。他们制定的政策一直集中在取消农业税、改善农村基础设施和优惠购买家庭用品等几大方面。但非营利性机构美国农村发展研究所（Landesa）2011 年的一项调查表明，在另一个关键问题——开拓农村市场上，中国政府也取得了巨大的进展。

此举带来的显著的影响是大型农业企业的投资大量涌入。这当中当然也会有人们不愿看到的情景：更多的农民可能会被驱逐出土地。不过，只要这样的滥权行为能够受到制约，那么这一趋势不但能促进农业生产力的提高，还能支撑人们的城镇化意愿，而中国的领导人正想以此推动未来的发展。在中国实行家庭联产承包责任制 30 年之后，向公司化农庄的转变终于初现端倪。

1998年开始，中国农民对农业耕作用地的使用权可达30年，并且可以延期。地方政府有责任向每一个家庭发放相关证明，并载明哪些地块是农民可以耕种的，同时还要提供关于土地所有权的法律文件。大家的思路是，通过巩固这些权利，农民可以更好地实现作为其主要资产的土地的价值。更加稳定的财产权让农民对投资土地有了积极性，这不但可以提高生产力，还能增加他们的收入。如果农民在其他地方找到更好的机会，他们完全可以一边获取工资，一边通过出租自己的土地使用权来获取额外的收益。

美国农村发展研究所与中国人民大学、美国密执安州立大学共同进行过五次调研，其中第五次的调研显示，完善后的土地使用权法律文件确实起到了刺激农业生产力的作用。2010年进行的此项调研覆盖了17个省市的1 564个家庭，结果发现63%的农村家庭已得到土地使用权证明，53%的家庭已签订土地使用合同。

拿到这些材料的农民进行长期投资的意愿增加了近一倍，比如修建大棚或果园。拿到这些法律文件后，4/5的农民在一年内进行了新的投资，每一个家庭的年收入因此增加了16 000多元，相当于2009年农村家庭收入的平均数。美国农村发展研究所估计，类似的投资在全国范围内带来的毛收入在4 540亿元左右，几乎是那一年国家投入的1 230亿元惠农资金的4倍。然而，还有很多家庭至今未能受益：土地使用权两证皆有的农户只占44%，而30%的家庭一个证也没有拿到。

2008年，中央领导作出决定，鼓励农村土地流转，由此开始了建立在土地权属证基础上的土地交易行为。三年后，大约有1/8的农民进入市场参与土地交易过程——通常是将土地用于租赁，因为农村耕地尚不能进行完全的买卖交易。尽管规模相对较小，但农村土地市场带来的收益相当可观。美国农村发展研究所估计，耕地交易的中间价已经从 2008 年的每公顷 4 000 元左右上升到了 2010 年的 4 500 元左右。

对于耕地的需求，主要来自于涉农企业和房产开发商，其所支付的土地租金比重已从 2008 年的 30% 上升至 2010 年的近 40%。1/4 的受访村庄已经将土地大片大片地租给了公司或者大型私人投资者。公司平均持地规模为 37 公顷，相当于本村户均持地面积的近 100 倍。进一步巩固耕地、进一步实行集约化耕作是“十二五”规划定下的两大目标，也是建设现代高效农业产业的两个重要步骤。

然而，不出所料，滥权现象比比皆是：近一半针对公司的土地租赁行为来自于地方政府的施压，其向农民简单地下达租地指示的行为占到了土地租赁总量的 16%。在政府安排的租赁行为中，非法超过 30 年租期的情形占比为 1/4，还有 1/3 是将租赁来的土地违法用作非农产业，比如建厂房等。手头拮据的县级政府用农地来吸引公司投资的意愿十分强烈。

租赁市场的发展与土地需求的剧增不谋而合。自 1998 年明确 30 年土地使用权以来，近 40% 的受访村庄至少有过一次土地被征用的经历，2010 年，更有超过 10% 的村庄存在土地被征用的现象。与之相关联的，可能是为满足城镇住房建设而不断增加的土地供应量，因为中央政府被迫以此给房价降温。

美国农村发展研究所的调查结果，与北京的中国建设管理与房地产法研究中心的一份报告相呼应。该报告发现，2010 年是房屋强制拆除记录最恶劣的一年。被驱离土地和赶出家门的农民的数量前所未有地增多。美国农村发展研究所总结说，“获取农民土地权的方式不断翻新……这极大地威胁着农民的租赁期安全性，以及由此而来的种种收益。”该调研还建议进一步修改《土地管理法》，遵循相关法律中对于城镇土地征用的条款，更加严格农村土地征用手续。它还建议，通过限制涉农企业的农地占用规模，并要求得到相关农民的书面同意等措施来制约公司涉农。

当然，进一步巩固耕地和增加来自涉农公司的投资并不一定是坏事。关键在于农民可以自由地进行土地使用权的交易，而不是被某些贪婪的官员和公司强行逐出土地。这一点在中国很难做到，因为地方官员滥用制度的动机始终存在。但是，中国的农村人口数量如此巨大，人均耕地面积如此之少，故城镇化以及对耕地进行适当巩固就显得同等重要。目前，农村户均耕地面积不足半公顷，这仅够维持基本的生活标准，因此才有那么多农村人离地外出。

过去 20 年间，中国的经济增长在很大程度上靠的是将农民从生产力低下的农村岗位转移到城市里生产力较发达的岗位。根据政府自己相对保守的规划，中国有望于 2030 年将 2.5 亿左右的人口转移进城，从而使其城镇化水平达到 65%。这一数字几乎把现有的 2 亿个农村家庭进行了对半拆分，使留在农村务农的每一个家庭可以有 1 公顷的耕地——在美国农村发展研究所看来，这正是支撑日本、韩国和中国台湾地区实现经济腾飞的户均耕地面积。

提高中国农民的生活水平，缩小城乡之间的差距，需要的是更加尊重农村土地权。不过，这也要求更多的农民用这种权利来换取城市里的好日子。

自己的东西自己卖：伟大的土地信用实验

成都是四川的省会，一直以来以茶馆和悠闲的生活节奏而闻名，唐代大诗人李白和杜甫曾长住于此。成都一直是中国西部最重要的教育中心，也是全国城市面积增长最快的城市之一，仅城区内就有 700 万人口，周边区县的人口也有 700 多万。成都与它在地域上的竞争对手重庆，正在展开一场激烈的比拼，而后者已经被中央政府冠以中国欠发达的西部省份的发展“龙头”之名。

对中国的城市来说，城镇化是一把双刃剑：增加城镇人口的数量对于经济和社会发展都有好处，但为进城务工人员提供社会保障的资金从长远来说，会显得捉襟见肘。成都打算在 2017 年时将 100 万农村居民转为城镇居民，但同时也必须找到足够的资金支持。成都的户籍总人口数为 1 200 万左右，另有进城务工的流动人口 200 多万。在户籍人口中，被划为农业人口的有 500 万。

为了实现城镇化目标，市政府正在想方设法劝说农民放弃在经济保障方面的终极资源：土地。2008 年至 2011 年间，成都市政府对农村的所有财产实行登记，这是为建立清晰的、可交易的财产权迈出的第一步。政府官员承担起了责任，把单独的零碎地块归并为较大的地块，并调解家庭土地争议——这样的过程压力很大，导致大量地块被搁置一边。进行登记的目的是要明晰土地使用权，并与每家每户单独签订合同，而归并家庭地块则是为工业化耕作作好准备。不过，即便经过了这样艰难的工作，还是有许多地块未能纳入合同范畴之内。

在中国，城市建设用地是非常宝贵的资源。2006 年，中央政府宣布，中国至少要维持 18 亿亩的农业用地（人们称之为“红线”），以确保有足够的土地解决粮食问题。因为全国目前的耕地面积已经十分接近这一最低水平，因此各城市的政府都面临着十分头疼的问题：既要增加城市土地的供应，同时又要保护好耕地。它们的解决办法新颖而独特：“新”造土地。这个造地的过程需要先把农村建设用地转化为耕地，以此实现耕地面积的净增加。增加多少耕地面积，就能相应获得多少建设用地，并可用于其他地方，而一般都会用在城市的边缘，因为这些地方对于土地的需求最为紧迫。

全国的土地交易非常普遍，但只有成都和重庆已经建立起土地信用体系及其衍生物，从而使土地进入市场进行交易。从理论上说，这能让卖家找到更多的买家，并让偏远地区的村民更方便地把自家的宅基地换成城市住房。这一过程需要找到某个村集体，让大家都同意腾出各自的宅基地，并搬入占地更少的地段建房。如果能够说服整村村民集体放弃宅基地，那么农民既可以搬入城市的公寓楼，也可以在靠近自家或城镇的边缘重新建房。农民的房子被拆除之后，基于其上的建设用地将转作农业用地。政府对此进行检查验收，并为新增的农业用地发放票据，这在重庆被称作“地票”。之后，地票可以进入该市的农村土地交易所用于拍卖。如果房地产商想在经过批准转为城市建设用地的绿地上建房产，就必须首先购买相应额度的农地地票。购买者以此获得在城郊地区对相应数量的农用地进行开发的权利。这一过程同样由当地政府完成。

这项制度的思路之一在于，它创造了一种新的财产所有权——开发农村建设用地的权利，并使农民个体通过这一交易过程获得更多的利益。这一制度具有再分配的功能。实际上，地产开发商为把农村土地转换成为城市用地而支付的报酬，又回到了并不住在城市里的农民手中。因此，即便农民不愿意移居城市，他们也能从中国城市化进程的大潮中获得利益。

成都的土地交易，始于 2008 年 5 月那场惨绝人寰的大地震后的重建工作。大地震使成都以北数百万户家庭遭受灭顶之灾，市政府允许失去家园的农民在四个城区和一个郊县范围内置换土地。农民原有的宅基地被改造成耕地，他们则搬入城镇居住，但继续保留耕作其原有农业用地或将其用于交易的权利。该政策被证明成功之后，成都市将其作为推动城镇化进程的一部分，在所有农业人口中推广。当时，还没有地票的概念，新增城镇用地的价格也由政府自行确定。到了 2008 年下半年，重庆抢过接力棒，开始在其农村土地交易所进行地票交易。受其启发，成都市在 2010 年也启动了自己的计划。

成都和重庆都把土地信用制度作为农村收入的新来源。但他们启动这一计划的主要动因还是为了刺激土地买卖，充实政府的“钱袋子”。对于政府官员，这项制度的高明之处在于它既加快了城镇化进程，同时又为其找到了经费来源。实际上，成都的第一宗土地信用拍卖成功之后，市政府大受鼓舞，下定决心继续推进代价高昂的户籍制度改革。2010 年年底，成都专门颁布了规定，市辖的所有居民，包括500万农民，均可以自由地迁居入城，并登记为城镇居民。政府说，这些新登记的城镇居民将可以获得所有的城镇福利（如教育和医疗）而无须放弃自己的农村地产。政府还表示，2011年至2015年间将建造足够的住房，以满足新增的100万城市居民的住房需求。如果成都市政府言行一致，那么，这将代表户籍制度改革取得了巨大的突破性进展。

与往常一样，主要的制约在于财政。据报道，成都市的政策制定者对2010年的改革方案作过综合性的风险评估。评估的结论是，市政府有能力将城市社会保障推广至农村地区，也能够应对更大规模的农民涌入城市。这样的计算似乎是基于一种假设，即受土地信用制度交易刺激的土地买卖将继续增加税收来源，因此能为更快的城镇化进程提供资金保证。然而，在颁布户口新规定的两个星期之后，成都市的农村土地交易市场突然宣布，第二轮土地信用拍卖暂缓进行。突然之间，预计中的税收来源枯竭了。

暂缓交易的原因没有予以说明，但这一决定很可能来自中央。中央政府不断表达过他们的忧虑，担心土地交易会被滥用。贪腐的政府官员和村干部有足够的动力去说服或者迫使村民腾出自己的房屋。这样，农民很可能拿不到足够的补偿款，或者被安置住进远离自家农田的现代公寓房，根本没有地方饲养家禽家畜。中央农办主任陈锡文曾作过解释，严厉批评未经批准就进行土地交易的行为，并表示将实施干预，使农民不被强制驱离自家的土地。省里的领导们也担心，用于交易的土地信用并不能获得再造农地的支撑。无论理由如何，土地信用拍卖的暂停将成都市的财政预期撕开了一道口子，雄心勃勃的市领导们担心代价高昂的户籍制度改革还未开始就要夭折。

结果，在农村土地交易市场被关闭四个月之后，2011 年 4 月，一张告示贴了出来，宣布土地信用交易将继续进行。这则告示列出了长长的条款和法律要求，尤其强调农民必须自愿离开自己的土地，而土地所带来的纯收入将全部归村集体所有。告示还规定，在发放土地票据之前，必须由几个部门进行土地验收。

* * *

成都的土地信用交易在其全市的土地市场中，起到的只是很小的作用，而重庆的地票交易做法比成都更有积极意义。2011 年下半年，地票交易三年之后，重庆的领导人宣布，该项制度已经取得了显著的成效。他们说，千千万万的农民通过地票交易获得了更多的现金收益，这有助于城镇化建设和农村生活条件的改善，并为城市发展提供了十分宝贵的土地资源。

重庆市政府在其管辖的重庆电视台发布了一项报告来阐述这一做法。该报告聚焦于与贵州毗邻的，重庆最贫困、最偏远的彭水县的几户村民身上。这里的很多老宅已经空无一人，他们的主人早已进城务工。这些位于亚热带地区的老宅由木头和夯土搭建而成，空无一人的房屋坐落在陡峭的山坡上，阳光映照着蓄满水的层层梯田。在重庆，无人居住的宅基地面积超过了 50 000 公顷，占其耕地总量的 2%。重庆离耕地“红线”仅 25 000 公顷之差，故将这些土地进行复耕肯定意义非凡。

根据该报告，地票制度使彭水县的农民把自家不再使用的宅基地推倒复耕，并将获得的增量卖给远在城市的开发商。在城市里务工的年轻村民用获得的补偿款来经商做买卖，以此说明地票制度是推进城镇化建设的有效手段。笑逐颜开的村民推倒自家摇摇欲坠的老屋，搬进村子边上统一建造的公寓楼。他们说，当初根本没想到可以拿到这么多钱。一位乐呵呵的村民向记者展示了他刚用补偿款买回来的4 000只小鸡仔。他那像盒子一样的新家贴着劣质墙砖，远不如拆掉的老屋好看。在多愁善感的西方人看来，这就是一笔亏本的买卖，但农民只要住进现代化的房子，心里似乎就乐开了花。

政府官员说，地票制度具有几大好处。首先，它能增加农民的财产性收入。普通中国农民一年的平均收入仅5 400元，其中3%来自财产。出售地票是一种创新，能够提高农民主要的，很多情况下也是唯一的财产——土地的收入。农民出售一公顷的地票，至少能得到140万元，大大高于他们在一般性土地流转中获得的收益。实际上，他们通常能够拿到相当高的补偿（尽管每家每户得到的实际补偿额度会稍低一些，因为重庆农村的普通农舍平均占地仅有0.33公顷）。除此之外，那些选择继续从事农业生产的农民，能够得到由自家宅基地复耕的那一部分土地，每年一般能够带来大约1 000元的额外收入。他们还可以把宅基地加以平整并改造成农地，这样又能够得到一笔钱。同时，如果从旧房子上拆下来的建筑材料尚可使用，他们也可以自行卖掉。

第二，官员们说地票制度正在撬动农村的财税体制改革。自2011年以来，重庆市就允许把通过土地交易得来的获证地块作为担保物进行抵押，这最终让农民手中的“死钱”实现了一部分价值。根据官方公布的资料，农民在该计划实施的第一年共借贷 150 亿元。重庆已经设立专门的风险基金，让那些担心提供给农民的贷款会变成坏账的银行感到安心，并将损失偿付比率议定为 30%。允许农民将农业用地使用权进行抵押。

第三，官员们说地票制度是一种极为有用的额外资源，可以在“社会主义新农村建设”的计划下，改善农村的各种条件。他们将此视为不可或缺的手段，并认为有助于缩小城乡之间的发展鸿沟。农户能够获得地票交易收入的 85%，其余 15% 归村集体，用来改善村里的基础设施或支付社会福利。地票交易使农民可以将自己的土地变现，由此进一步提高收入，并可移居进城。因此，官员们坚持认为，地票制度能够改善农村的社会福利，同时又有助于建立可持续发展的城镇化模式。

政府宣称，地票交易已经大获成功。如果农民放弃自己的土地并转为城镇户口，得到的补偿在 80 000 元左右，而他们如果把自家的宅基地通过地票市场进行交易，得到的利益将会大幅提高，因为城镇建设用地的价格要高出许多。根据政府关于地票交易头三年的数字，一共有 6 000 公顷土地被卖出，超过 9 000 公顷农村建设用地被转化成耕地，农民共获得 175 亿元的收益。到 2011 年为止，2/3 的拿地行为通过地票交易完成——如果这些数字属实，那真是惊人的成绩啊！重庆的有关部门宣称，地票制度提供了一种新的土地管理模式，它能够改善农村的财政状况，应该在全国加以推广。这种正面的评论当然是为了应对党内的保守派，因为保守派担心肆无忌惮的官员和开发商会掠夺农民的土地，并使无职业的进城务工人员生活无着。

对重庆的改革提出最猛烈批评的，是华南师范大学的胡靖教授。他抨击说这种改革是“空头理论家和政府官员”拿农民的福利去冒险。“已经签订合同的土地是一种特殊形式的保障。它是失业救济和养老金的代名词。”他在《中国左翼评论》上发表的一篇文章中言辞犀利地进行了批评。“家庭联产承包责任制是千千万万农民用鲜血和生命换来的宝贵遗产，为找到一条获得土地权利的正确道路，他们在过去长达一个世纪的时间里艰难寻觅……在根本就没有为农民提供可替代的社会福利之前，重庆就要‘积极推进土地流转’，他们究竟想的是什么？”

《中国经济时报》所进行的一次调查表明，胡教授的担心不无道理。2010 年 5 月，相关报纸对重庆市江津区孔目村的情形进行了报道。这个村有 2/3 的农户在第一轮地票交易中将自己的土地作了交易。当地官员声称，每家每户都自愿拆除了自家的房屋，并办理了全部手续，其中政府按照承诺向村民支付了赔偿金。但一个妇女却说，村干部既没有取得她的同意，也没有告诉她要拆掉她两处房屋的决定，一直到自家房屋被挖掘机夷为平地，她还蒙在鼓里。当记者进村调查时，村主任警告她不许乱告状。她被安置住进一处新房，拿到的补偿金只有 1 600 多元。“村主任强迫我搬家，说要建设新农村。”她对这家报纸的记者如是说。

从报道来看，失去家园的农民没有一个人知道重庆的所谓地票制度。他们也不知道自家的地票被拍卖了多少钱。另一位村民告诉报社的记者：“村委只是说，他们正在建设新农村，我们只要愿意搬家，就能拿到 30 000 元补偿款。”可当补偿款到来的时候，钱数却远远低于之前的承诺。他们还向村民许诺，每复垦一公顷土地就能得到 90 000 元，但后来到村民手里只有 60 000 元。还有，他们之前告诉村民，买新房子的价格是每平方米 520 元，但到实际支付的时候价格却成了 650 元。区政府的官员坚持说，所有的补偿款都已支付。这又带来了新的问题，谁在半路截留了那笔经费？

根本无法知道重庆的滥权范围有多大，不过北京的政策制定者显然担心，地票交易会使贪腐官员找到掠夺土地的新路子。2010 年 12 月，国务院发出通知，承诺将打击由地方政府单方主导进行的所有土地交易行为。中央政府警告说，在积极支持进行土地和户籍制度改革的同时，决不允许将此类改革作为花招去掠夺土地。

重庆的地票市场顶住了政治压力。但是，要把重庆的土地改革推广至全国，肯定会产生相当强烈的反对意见。如果土地交易行为依法进行，并让农民得到合理补偿，此举肯定会成为推动农村经济发展的巨大潜力。问题在于，中国的法律制度相当脆弱。只要权力继续集中在少数人手里，又缺乏足够的监督和制约，滥权行为就注定会发生。

* * *

重庆土地和户口制度改革的规模在全国最为宏大。当然，全国其他地方也有类似的改革，且不可避免地产生了类似的滥权现象。广东和陕西也在进行试验性改革，允许符合条件的农民用土地换取城镇永久居民身份。很多省级以下的地方，尤其是一些小城镇，甚至允许农民用土地使用权换取城镇户口。自从中国共产党在 2008 年通过《决定》以来，政府颇令人失望地没怎么出台相应的政策去推动土地改革。走在改革前列的是地方政府。中央政府最清楚不过，零敲碎打式的改革为贪腐行为创造了极大的条件。

中国的农村每年被强占的土地多达 20 万公顷，因此而失地的农民多达 300 万，所引发的“群体性事件”估计约占社会不稳定因素的 60%。在 20 世纪 90 年代中期，因为地方政府开始成片购置农用耕地，导致四五千万农民失去土地。如果失地农民的数量继续上升，由此引发的社会不稳定因素则会随之增加。

土地问题的核心症结经常蕴含在一些意识形态术语中：党内的强硬派绝不赞同集体土地私有化。不过最终证明，钱才是改革道路上较大的一种阻力。诚然，中国发生的很多土地强占事件都源自于个人的贪婪。地方官员想把本地的农耕用地拿到手里，然后卖给开发商获取更多的利益。乌坎的村民说，他们一直在等着 1998 年以来被强占的 400 公顷土地的补偿款，并抨击地方官员自 2006 年来私吞了高达数亿元的补偿金。不过，有些土地强占事件却不是因为个人的贪婪，而是因为地方政府急于装满“钱袋子”。自 2006 年取消农业税以来，这个问题已经变得愈发严重。

怎么办？

中国人民大学的土地改革专家陶然说，地方官员首先要退出交易过程，并让农民直接与开发商进行协商。各城市都要有功能完备的土地市场，并对土地使用权作明确的规定，以严格监控拿地行为和土地补偿。因此，长期性的目标应该是建立联动的土地交易市场，让农民像城里人能处置自己的产权那样，对他们的土地拥有同样的权利。在《2030 年的中国》这份报告中，世界银行认为："中国需要重新考虑其在初级土地市场中独特的垄断权——国家既有绝对的权力把土地转作城市用途，也应该让这种权力转变成市场的调控者和监管者、服务的提供者以及规则的执行者。"

很明显，把土地交易的权利交给农民，意味着政府将会损失一大块税收。陶然认为，这一部分损失可以通过在土地交易和持有环节中引入新税种来加以弥补。农民在交易的时候必须纳税，确保公共财政在资本收益中占有一定比例。第二，中国应该设立财产持有税。决策者一直在考虑设立城市房产税，这既能降低高居的房价，也能为城市当家人提供一种稳定的收入来源，而非靠卖地为生。几乎所有的发达国家都开征房产税（在英国叫作市政税），以为本地的公共服务提供财政支持。目前，只有重庆和上海启动了个人房产税征收的试点工作。

2012 年 2 月，温家宝要求更好地保护农民的土地权益。在对南粤的一次视察中，他对"强征农民土地"的事情提出了批评。一个月之后，在全国人代会上，温家宝说中央政府将对农民的土地权利进行登记，并将制定新的政策，确保失地农民能获得补偿。在此之前，也就是在 2011 年 12 月召开的中央农村工作会议上，他郑重宣布要让农民从土地交易中获得更多的收益，并承认了中国"以牺牲农民土地权利的方式降低了工业化和城镇化的成本"。同一个月，中国人民大学的陶然教授在英国《卫报》发表署名评论文章，对乌坎事件进行了反思。"乌坎事件应该成为典型，中国要改革其土地征用制度，让政府无法通过滥权行为在土地上获得经济收益。"他如是写道。

如果中国政府有勇气，也有经济实力听取自己专家的意见，那么就会发现，第三次土地改革的临界点已经来临。重庆和成都所进行的改革试验说明，将土地置于金融市场之后，农民将会获得怎样的收益。如果诸项改革措施能推广至全国——从某些报道来看，这很可能将有助于改善农村的财政状况。不过，只要农民的各项权利还会被轻易侵犯，这种好日子就不会到来。在集体所有制解体30年之后，中国又一次站在了十字路口：如果领导人希望自己的城镇化政策取得成功，他们就必须改革集体土地所有制。

附 3.2

传统农耕终结的开端？

不论是阅读关于中国的文章，还是观看关于中国的电视节目，你都会不由自主地这样认为，中国是一个城市遍地开花的国家，只是间或点缀着一些工厂。媒体对城市的偏爱使之无法反映这样的事实，那就是尽管经历了30年的工业发展，中国仍旧是一个农业占据很大比例的国家。即便把那2.5亿离家进城务工并定居于城镇的人计算在内，中国还有近一半的人生活在农村。在稻田里躬身劳作的人，与在工厂做工或在办公室里上班的人，数量大致相当。中国还有约2亿个农村家庭，他们的生活依然很贫困。

增加农民收入一直是中国各种政策的最高出发点，重庆的做法也不过如此。重庆农民的人均收入微不足道，只有全国平均水平的28%。跟中部其他省份一样，重庆市过多的农村剩余劳动力限制了农民在农业上的收入。农村家庭户均耕地面积只有足球场的1/3，这一数字甚至包含了一部分因为进城务工而永久定居城镇的农民的土地。要解决农村的贫困状态，就要求减少从事农业生产的农民人数，归并地块，以便更有效地进行农业耕作。

重庆的农村家庭大多过着维持温饱的日子，并依靠洗脚上田的家庭成员增加其收入。重庆农村居民的居所一般是新式的二层小楼，镶贴着耀眼的瓷砖，而盖房的经费，主要来自远在城里的工厂或者建筑工地打工的亲戚。不过，靠城市经济救济为生的生活方式即将被改变：中央领导提出鼓励土地流转之后短短几年，货真价实的农村土地交易市场就出现了。土地大多流转于农民之间，有的流向了农业企业。这些企业正在考虑归并地块，投入更好的水利设施和农业机械，并有望从规模生产中获得利益。

中渡村在重庆西北130公里外，是增加农民收入、提高土地产量的70个试验村之一。当地村民已将数百公顷耕地租赁出去，他们正在清理自家的土地，并将在大块大块的田地里种上经济作物。春季里一个阳光明媚的下午，来自广东一家食品公司的代表对数百个地块进行了考察，村民们已经在其中种上了各类农作物。引领大家的是该村的村主任，他是一个壮硕的人，豁了几颗牙的他喜欢把玩自己那一撮尖尖的小胡子。经过协商，他们租下了土地并大量种植蔬菜。

中渡村一半的农地都被归并成了大田，田里种满了西瓜和蔬菜，排列成行，弯成弓形的竹架上覆盖着透明的塑料膜。田里用水泥修建的沟渠里，新打出的井水正汩汩流淌。该项目始于2010年，资金则有公有私：中央政府投入 700 万元，市政府投入 400 万元，本地的商人再出资 300 万元。食品公司相中了村子里的另一半土地，这一部分土地仍旧是传统的小块耕地。

村民每年能拿到每亩 600 元的租金。这比中国最大的在线土地交易平台“土流网”在 2010 年创下的每亩 900 元的记录少了很多，但当地人觉得这个价格相当不错了。且在新的政策下，他们的租金收入还能有所增加，每天劳动还有 30 元的报酬。村里很多农民都上了年纪，靠租金为生总比在自家田地里辛苦劳作轻松许多。他们说，村干部鼓励他们将土地出租，但决不强求。“没有封建家长制。”一个农民说道，“我们不担心引来大地主，因为土地使用权始终归我们。”

在村子那另一半仍旧被划分为小片的家庭承包地里，来自广东的一行人倚着亮锃锃的轿车展开了一幅地图。眼前这片土地将被清理出来，而要发挥更大的生产用途，只是个时间问题。中国的传统农耕正在逐渐消失。

第四章

◆

建设狂潮

——农田里的浇筑

◆

CHINA'S URBAN BILLION

The Story behind the Biggest Migration
in Human History

20 世纪 80 年代初开始，中国城市里高楼林立的区域已经增加了 4 倍。由水泥和沥青组成的现代中国的巨大的城市面积，已经和瑞士的国土总面积相当。如果把公园和经济开发区这样大面积的区域计算在内，中国的城市已经相当于一个中等规模的国家，如叙利亚和柬埔寨等。过去 30 年间，中国城市的建设热潮已经由市场驱动转变为政府官员驱动，因为他们要满足“发展”这一压倒性的需求。除了卡拉 OK 厅，似乎没有什么东西能像车水马龙的立交桥那样提起官员们的兴趣。在毛泽东时代，中国的城市里主要是工厂和低矮的楼房住宅区，现在却遍布各式商店、饭馆和办公楼，连接其间的一条条灰色地带拥挤不堪，夹杂其中的巨型住宅小区多得不计其数。

即便中国的城市人口没有一点增长，对于宽敞住宅、购物中心和工业园区的需求也会使中国城市的边界不断向外扩张。然而，中国城镇人口的数量在过去 30 年间已经增至 5 亿多。到 2030 年，中国的城市预计将会再增加 3 亿多人口。这一数字必然是粗略的估计：任何意料之外的事件都有可能让中国的城镇化进程偏离正轨。不过，如果中国在未来 10 年或更长时间内继续保持增长势头（人口统计数字和经济发展的中等速度都在预示，这种增长势头没有理由不维持下去），那么，中国就不得不进一步扩大城市面积，以满足不断增加的城镇人口的需求。

中国有几座城市已经进入世界最大城市的行列，而这些城市还得做好进一步扩大的准备。根据城市规划网站的统计数据，北京、上海、深圳、东莞、广州、佛山已经发展为人口超过 1000 万的“巨型城市”。目前的趋势表明，天津、沈阳、武汉、重庆和成都很快也将加入“巨型城市”的行列。随着经济繁荣不断向内地推进，越来越多的外出人员选择迁往离家更近的城市，而内地城市的政治中心也会设法赶上沿海地区的先行者。此外，中国还有数百个人口不足 150 万的小城市和大城镇。单看中国农村人口的数量就知道，无论小城市还是大城市，都需要大量接纳来自乡下的外来人员。只要中国的领导人能够唤起大家的政治意愿，确保外来务工人员入住的是现代化公寓楼，而不是潦倒于贫民窟和地下室，中国的城市面积就会继续迅猛扩张。

* * *

过去 10 年间，中国出色地为其不断增长的城市人口提供了住房。这极大地归功于 20 世纪 90 年代末私有住房的市场化。在此之前，大多数城镇居民住的是由其单位提供的狭小公寓楼或宿舍。私有房产市场的诞生形成了一种新的住房供应，它提供更大更好的公寓楼，并瞬间点燃城市原住民巨大而迫切的入住需求。高楼大厦和华丽的大剧院上了报纸的头版，但它们不过是中式宴席上的一道“招牌菜”，只是为其购买者制造了炫富的良机，而助推中国建筑业的“白米饭”住的是居民小区。对普通人而言，住得起大房子、好房子，是中国城市建筑大发展过程中最革命性的特征。

然而，建设狂潮引发了严重的后果：一片又一片宝贵的耕地被工地取而代之。中国对于其最为宝贵的资源——土地的利用率极低。中国城镇地区扩张的速度比城镇人口的增速快得多，其城镇人口密度也远不如从前。中国城市的建设面积在 1980 年至 2010 年间增加了 2 倍，达到了 40 000 平方公里，而这一时期内城镇人口增幅只是略高于 120%。换句话说，土地城镇化的速度超过了人口城镇化的速度。人们的生活条件得到了极大的改善，但城市扩张是它付出的代价。

决策者担心，耕地的损失最终会威胁到全国的粮食安全。一种简单的解决之道是提高产量，但在成长于 60 年代大饥荒时期的领导人中，这样的观点很难站得住脚。中国仍旧下定决心尽可能生产粮食以解决温饱问题。因此，随着城市的不断扩张，一定要提高被征用农田的使用率。更高的土地利用密度——这要求城市建设更密集——也可以极大地节省能源和建筑材料。

城市扩张在全国范围内愈演愈烈，尤其是，新建的房子往往位于郊区，人们越来越依赖轿车出行。道路越来越多的城市，与其说是满足人的需求，还不如说是满足车辆的需求。这一点非常重要。因为影响中国城市发展规模最主要的因素是道路设计，设计不合理的道路很快就会把建设密集城市的目标毁于一旦。大规模的城市道路建设计划，连同私家车拥有量的激增，往往带有极大的风险，城市一不小心就变成另一个洛杉矶。随着更多服务于城郊居民的基础设施的修建以及汽车使用量的激增，城市的边界正在不断向外扩张，并且，这种城郊化的进程还会自我强化。“中国的城市正在形成一种发展模式，对于公共交通相当不友好。”世界银行的交通专家郭圣火（Shomik

Mehndiratta）说，“一旦建成，很难修复。”

问题的核心在于，中国失衡的财政制度为各级市政府拓宽城市边界注入了扭曲的动力。中国绝大多数地方政府长年财政赤字，因为他们必须在其能力之外提供更多的服务，城市不得不以卖地的方式获取足够资金。平均而言，地方政府 1/4 的税收来自土地出售，在有些城市，这个比例还要高出很多。这种财政模式是中国房产和建筑业大发展的主要驱动力，当然，这也为城市持续扩张提供了强有力的财政基础。

这一问题可追溯至 1994 年财税制度进行的一项重大改革。那次改革是为支撑日益枯竭的中央财政而进行的更大范围改革的组成部分。据报道，由于国有企业的盈利受到市场改革和民营企业竞争的影响，政府的税收从 70 年代末期占 GDP 的 1/3 降到了 1995 年的 1/10。为颇费钱财的公共服务，如教育、医疗和社会福利等提供资金的责任分摊给了各级地方政府。北京方面同时要求地方政府将大部分税收上交中央财政，因而它为公共服务投入的经费来源十分有限。中央财政的转移支付帮助地方政府填补预算中的窟窿，但地方政府大都还是要想方设法才能筹集到社会支出所需要的资金。90 年代初期至中期，这一系列的改革给地方财政造成了压力，同时，这种压力因为乡镇企业的重组和地方国有企业的破产而不断恶化，并极大地加剧了地方政府在社会保险方面的负担。这使得地方政府别无选择，只能开发其主要的自然资源：土地。

将手中的耕地卖给开发商，这种赚钱的买卖，意味着地方财政和城市规划已经捆绑在一起。例如，既要完成发展目标，又要充实地方财政，那么，简单易行的法子就是以修路的名义强行将农业用地转变为建设用地。这足以解释官员们何以对修环路的效益一直深信不疑，因为这样他们就可以不费吹灰之力拓宽城市的发展边界——环线以内的土地很快就会成为开发的对象。北京最为严重，竟有五条环线。“什么方法拿地最好？”世界银行的郭圣火问道，“你在城市的周边画一个圈，并给它起名环城路。就圈占农业用地而言，这是最有效的办法。这意味着你已经找到了城市扩张的动因。”

农田大片大片地消失，修路和建房都难辞其咎。不过，还有一个罪魁祸首：工业开发。大大小小的城市郊区里散布着数百个工业开发区，它们是中国城市低密度扩张的最主要原因。同样，这一问题可追溯至90年代中期的财税体制改革。1994年，地方政府失去税收来源，它们之间随即展开激烈竞争，以吸引制造业的投资，并视之为未来的财源。即便城市只有鼻屎大，也要建一个叫作“经济开发区”的东西。这些开发区看上去如出一辙：道路空旷，往往宽至十车道，两旁是一溜低矮的厂房或办公楼。市中心拥挤到爆棚，而郊区的土地却成片浪费。

地方官员一旦将某片土地划给经济开发区，他们就会不遗余力地在全国范围内招商引资。他们抛出一系列优惠政策：低廉的租金、优越的基础设施、轻松的劳动和环境保护等。这些政策就是为了使地方政府的两大税收来源——土地出售和工业税最大化。地方政府牢牢掌控着居住性项目的土地供应，为的就是通过高地价获取高利润。他们同时把大片的廉价土地拱手交给开发区，为的就是日后捞取工业税收。因为地方政府获得的税收来自产值部分，而非来自按照现行财税体制需要上交中央的盈利部分，因而可以确保它们收入稳定，哪怕企业只能勉强盈利或者亏损。

这样做的结果是地方政府具有强烈的动机，将数千公顷土地提供给投资者。很多投资者是财大气粗的跨国公司，拿到的土地的价格为探底价。中国人民大学的陶然估计，有多达 1/4 的经济开发区或者工业开发区将土地出租，价格不足开发费用的一半。21 世纪初期，苏州市开发土地用于生产的费用上涨至每公顷 300 万元。但在一向为外商来华投资最大目的地的苏州，地方官员竟然将工业用地的租金确定为每公顷 230 万元这样的亏本价。这导致毗邻的城市进一步降低土地租金至每公顷 75 万元。

经济开发区的数量在 20 世纪 90 年代末 21 世纪初迅猛增长，以致中央政府觉得这种状况必须适可而止。2003 年，政府所做的一项调查显示，全国共有 6 866 个经济开发区，占地面积接近 40 000 平方公里。中央政府暂缓了对所有新增经济开发区的审批，并着手将这一数字予以削减。截至 2006 年，全国只剩下 1 568 个开发区，占地面积不到 10 000 平方公里。这看起来是中央政府取得的胜利，但一些胆子大的地方政府将取缔的经济开发区改头换面重新“开张”。时至今日，在经济开发区之外，大多数城市的边缘仍遍布“工业区”或者“高新技术区”。尽管中央政府尽了最大的努力，但各类工业区所占据的土地仍有增无减。

近年，发展得最异乎寻常的是重庆的两江新区。两江新区依照的是上海浦东新区的发展模式，它的占地面积几乎是曼哈顿的 20 倍。经过 20 世纪 90 年代末、21 世纪初十余年的发展，位于黄浦江东岸、与上海市区隔江相望的浦东已经成为中国最大的金融和出口加工中心。国务院于2010年批准设立了两江新区，重庆的领导们希望能够复制上海的成功经验，把重庆建设成为中国内陆地区重要的交通、制造和金融中心，两江新区则是该计划的核心组成部分。两江新区拥有最先进的保税港口，以及致力于高技术制造业、物流业、金融业和“环保产业”的专门区域。为了实现上述蓝图，已经有无数个村子被拆除，几百公顷农田被征用。

从全国范围来看，这个问题的严重程度通过数字便可以一目了然。开发区的占地面积从2004年时的7 900平方公里增加至2008年时的9 853平方公里——远高于城市建设用地的1/4。相比之下，住宅用途占地比例为31%，显得惊人的低。这一问题似乎正在不断恶化：在2006年至2008年期间，工业区用去了所有新增城市建设用地的45%，而住宅建设用地仅占20%。荒唐的是，各级地方政府继续低价将土地拱手相送：2010年，工业用地平均租金低于商业用地和住宅用地出让金的幅度已扩大至8倍。

通过有效地收紧住宅建设用地的供应量，地方政府已经建立起居民建设用地的卖方市场和工业用地的买方市场。2008年，住宅建设用地的出售占土地销售总收入的58%，而工业用地的销售仅占17%。日益攀升的土地费用对中国的房价影响巨大，北京等大城市的房价居高不下，是人均收入水平的20倍。中国高房价的原因不仅仅在于城市土地资源的稀缺，更在于地方政府对这种资源的利用方式。地方官员一方面挤压居住类用地的供应量，同时又将大片土地廉价出售用于工业生产，这不仅推高房价，给本已过剩的产能火上浇油，更白白浪费掉数百万公顷的农业用地。过去10年间，这样的经济发展模式不仅导致中国的经济增长过热，同时也导致经济发展不平衡，引发种种令人担忧的社会问题。

失常的土地市场产生的后果之一，是低收入家庭和首次购房者均被排除在房产市场之外。房价上涨导致市中心的居住成本高昂，这些人只得选择搬入郊区或卫星城镇以寻找价格低廉的住房，这进一步加剧了城市的扩张。城市的政府乐于维持这样的外向流动，因为这既能够缓解市中心人口稠密的状况，又能支撑新的土地需求。例如，北京和上海目前都在想方设法降低市中心的人口密度。仅仅10年前，上海的郊区宝山和北京的郊区通州还都是卫星城，目前早就融入了各自城市的主体。各城市都力图把人口稠密的市中心发展成商业区，这就要求把原住民一股脑地赶往城市的郊区，从而导致从城市核心区通向城市外部的交通进一步恶化。很多城市继续鼓励向外扩张，并通过将政府机构和高校搬迁至郊区的做法，人为地推高房价。

尤其是在广东和浙江的制造业城镇，外来务工人员加剧了城市的向外扩张。很多工人可能只是临时性居民，但为满足他们而修建的宿舍楼、商场和道路一起推动城市的边界向外扩张。对城市而言，拿土地给外来务工人员修建住房的利润，远不如将土地卖给开发商修建豪华商住楼和购物中心那么多，但它能保证低代价城市化，且无须承担公共住房的建设成本。东莞的城市发展就是一个极端的例子。这个位于珠三角的制造业中心外来人口比例高于本地人口，城市面积从1994年时的14平方公里增加了60倍，扩大至2010年时的近800平方公里。

北京人有时候将自己所在城市的扩展——一望无际平坦的道路、住宅区、批发市场和工业区——比喻成一种很受欢迎的地方食品“摊煎饼”。这个活儿一般在路边小摊完成，小贩先将生面糊倒在圆形的平板煎锅上，然后将面糊摊开以覆盖整个锅面。随着耕地的日渐减少，中国必须找到法子，控制“煎饼”的面积。

附 4.1

土地“红线”遭到步步紧逼

过去 30 年间，中国的城市发展依靠的是占用耕地、砍倒树木。然而，在一个仅靠全世界 8% 的耕地总面积养活全世界 1/5 人口的国家，土地已经成了稀缺商品。因为现有耕地面积已经非常接近“红线”标准，所以各个城市的扩张不能再占用耕地。除了复耕农村宅基地，以获取所谓“新增”的耕地之外，再开发现有的城市用地，成了真正的解决之道，而它注定会改变中国未来的城市发展模式。

由于新增建设用地的供应在未来 10 年间将面临枯竭的局面，城市发展不得不局限于现有的范围。与之相应的是，各级地方政府再也无法通过征用并出售农业用地的方式筹集资金。财政压力将会加剧土地的短缺状况，迫使城市将发展的重心由开发周边的农业用地转向对内部现有地段的再开发。在深圳这类土地存量高度紧张的大都市，传统的“征用、拍卖和开发”模式已经不具备可行性。因此，这座快速崛起的南国城市正在制定引导性政策，以应对日益紧张的城市土地枯竭现象，并朝着统一城乡土地市场的方向发展。人们议论颇多的，是深圳允许村集体组织将农村建设用地直接出售给开发商。这一改革措施很有可能会推广至全国。

中国的新增建设用地短期内不会出现枯竭，但将会越来越难以寻找。从政府的各种估测来看，耕地面积在2007年前的十余年间减少了1.2亿亩。自此以后，国家对耕地保护进行了严格管理，加上对荒地实施了复耕，从而使土地进一步流失的现象得以遏制。2011年，用于城市建设的耕地面积高达484万多亩。而国土资源部的土地调查数据显示，通过复耕手段获得的土地面积与之大致相当。截至2009年11月，耕地面积依然维持在18.25亿亩，略高于18亿亩的“红线”水平。

因为中国的房地产开发商所依赖的土地储备量十分巨大，可以满足数年的开发之需，因此他们目前仍有大量土地可以用于房地产建设。不过，随着耕地面积进一步逼近“红线”水平，当耕地新增面积难以抵消减少面积时，政府将不得不减少通过改变土地用途的方式，获取新增建设用地的供应数量。一些城市开始削平山头以获取新的土地供应，更多的城市则正在勉力维持着耕地和建设用地之间应有的平衡状态，“在东部沿海的大型单列市和部分省份，耕地储备已经接近枯竭。”国土资源部在2012年年底发出了如此警示。这些地方唯一的出路是将现有城市用地进行再开发利用。

在中国的城市里，拆楼和重建算不上什么新鲜事儿。但随着地价的不断攀升，在已经建有房屋或工厂的地段获取土地的行为将变得越来越困难。居民们的法律意识和维权意识日渐增强，要求得到更多补偿的呼声日渐高涨。这个问题甚至延伸到了城中村这种一度属于农村，现在属于城市的老旧社区。即使现在这些城中村具有城市的面貌，里面居住的也仍旧是千千万万个城市的外来务工人员。而类似的农村社区，土地基本属于村集体。如果要开发这些城中村，地方政府首先必须获得土地，然后变其用途为城市建设用地，随后才能拆迁和拍卖。然而，村集体往往不愿意出售土地，因为它们从政府手里只能得到很少的补偿。

附 4.2
深圳：未来事物的雏形

为使棕色地块[①]的开发变成可能，需要制定新的政策，以说服城中村的居民放弃自己的家园。长期处于中国土地制度改革最前沿的深圳，已经取得了最大进展。1987 年，这个经济特区成为把城镇土地进行长期租赁的首座城市。而在当时，城镇土地仍被视为国有资产。今天，深圳因为背山面海、几无拓展空间而再次成为“第一个吃螃蟹的人”。

这座有着 1 300 多万人口的城市，城区人口已经十分稠密，寻找可供开发地段的压力很大。深圳 2010 年的土地资源调查显示了问题的严峻。深圳的土地总面积为 1 992 平方公里，其中有 918 平方公里已经用于城市建设。到 2020 年，可供开发的总面积只能增至

① 棕色地块（Brownfield）：与覆盖有绿色植物的地块相对，指仍在使用或已经废弃的工业、商业用地。——译者

976平方公里，这意味着每年的增量不到6平方公里。其余的土地要么属于耕作保护地，要么缺乏利用价值。深圳已经感受到了土地储备的窘迫：2012年，新增建设用地减少40%，卖地收入减少50%。虽然其他各大城市目前的发展空间多于深圳，但中央政府的土地配额正日渐收紧。这意味着大多数城市在进行选址开发时，将会越来越多地打绿地的算盘。深圳今天的困难，将是其他城市明天普遍要面临的。

深圳对于土地短缺问题的解决措施，是对老旧的城镇片区和厂区进行再开发。城镇已经相当拥挤，不过城市规划者相信，仍有不少区域，尤其是城中村，土地利用率十分低下。城中村占深圳已建设区域的40%，人口有600万至800万，约占全市总人口的一半。这些区域人口相当稠密，但与周边一座座拔地而起的高楼大厦相比则相形见绌。市里的领导们相信，为了容纳更多的人口，有必要把那里的楼房修得更高，并使之融入城市的交通基础设施系统。

目标虽然简单，但在现实中，一切都变得复杂无比。自2004年以来，城中村在深圳的法律地位一直模糊不清，市政府首次开启土地制度改革，目的在于对老旧片区进行再开发。一夜之间，市政府把全部农村建设用地重新规划为国有城市建设用地。作为回报，当地居民全部转为永久性城镇居民。尽管此举未给村集体赋予任何法律地位，但村民们继续拥有原有的土地使用权。他们在自己的地上盖楼房，并廉价出租给外来务工人员。这些开发项目往往占据房产市场的大半，有人还为此成立股份制公司或合作机构进行管理。

尽管并不完全合法，但地方政府对越摊越大的城中村视而不见，因为他们必须向日渐涌进的人们——不仅有农村务工人员，也有学生和年轻的职场人士——提供基本的生活条件。深圳城中村的楼房高度一般在 6 层至 12 层之间，通常相当牢固，大大不同于其他很多城市举目可见的劣质铁皮屋。因为不具有产权，所以城中村的房屋售价低于产权房。不过，“小产权房”这一大家熟知的灰色房产，在市场中还是发挥了不少的作用。

深圳关内最大的城中村位于白石洲。这里显得拥挤、破败：窄窄的街道上方横拉着一束束电缆，空调的冷凝水四处飞溅。白石洲位于深圳的中西部，四周环绕着一个个豪华的高档住宅小区，人口估计有 14 万。其中，仅 2 万人拥有本地户口，隶属于原村集体的房东不到 2 000 人。这里的人口密度接近 19 000 人 / 平方公里，比市区平均人口密度的两倍还多，一座座十几层高的楼房挨得十分近。有些楼房相距只有几米，被大家称为“亲嘴楼”。

2004 年以来，深圳一直在设法消除因城中村而产生的法律灰色地带。北京大学（深圳）国土与城市规划所所长顾正江说，最初的改革有两大目标。首先，政府希望能说服村民允许将自己的土地进行再开发。政府为此向所有再开发的房产给予产权属，并允许其进入更能获利的城镇房产市场。最大的变化还在于政府同时允许部分村集体在出售土地时与开发商直接协商，而这一做法曾被视为严重违法。开发商一般都同意用新房补偿村民，使之不但能够原地回迁，还能够享受房产的增值。其次，条例还规定，所有再开发项目必须符合城市规划，以确保大家都能享受城市基础设施、学校和公园。

2009 年，政府为一些仍未拆除的村子改善条件。在意识到难以安置数以百万计的外来务工人员之后，它投资兴建了一些基本的基础设施，如垃圾处理站和被人们戏称为“穿衣戴帽”的老旧建筑外观美化。以白石洲为例，区政府对各种混乱无序的停车场、街头摊点和危险管线展开治理，并宣布将给所有建筑物安装火灾逃生设施。

不过，城市的第一要务仍是寻找可供新开发的土地，而白石洲的各大“亲嘴楼”则被列入了拆迁名单。深圳的房地产开发商绿景集团宣布，与白石洲村共同对0.6平方公里的土地进行再开发，其宣传视频则向人们展示了将要拔地而起的高楼大厦、购物广场、宾馆酒店、办公大楼和休闲设施。绿景集团声称，市政府已经同意投资修建道路和地铁站点。白石洲边上豪华住宅区三居室公寓的总售价，目前超过了1 300万元。显然，这一项目获利颇丰。

决策者已经注意到了深圳所进行的一系列试验。2012年年底，《土地管理法》的一份修正草案显示，村集体的农村建设用地在被征用时将会获得更符合市场价值的补偿，且能在再开发之后继续享有一定的财产权。其次，有中国媒体在2013年9月初报道说，国土资源部将允许一些省份的重点城市的村集体，将农村建设用地直接出售给开发商用于城市建设，从而绕开地方政府此前一直担任的角色。这正是深圳目前的做法。这一做法打破政府在农村土地出售环节的垄断地位，从而使潜在的土地大量释放出来用于再开发，具有全国性的意义。

国土资源部官员否认类似政策已得到最终确定，不过他们成立了专门的工作组，以研究土地管理中可能出现的各种变化。

实际上，即便有一系列令人激动的举措出台，在全国范围内依照深圳模式实行土地改革也并不可能。首先，批评者担心外来务工人员被逐出用于再开发的城中村之后的遭遇。以白石洲的再开发项目为例。当地村民将会因此致富，可是没有针对非本地户口的12万住户的安置计划。从理论上说，应该要求村集体为农村进城务工人员修建廉价租赁房，但他们把房屋卖给豪华房产商的意愿则更为强烈。附近的大冲村遵照了白石洲的再开发模式：不久前，这里还到处是廉价出租给外来务工人员的破旧房屋，现在已经变成了建筑工地，上面是大型国企华润集团的标志。外来务工人员已经全部搬离。

另一个问题是钱。深圳模式解决了说服村集体把土地用于再开发的难题，付出的代价却是市政府的卖地收入。为了实现公平补偿，深圳要求村集体和开发商无偿交出20%的土地，并提供剩余土地的15%用于公共基础设施建设[②]。为满足中央政府制定的经济适用房要求，市政府还要求把5%—15%的新建居民用房定性为社会保障性住房。根据2013年1月进一步制定的政策，全市任何工业用地用于再开发项目时，市政府还将获得50%的份额。类似政策能够增加部分收入，但对远不如深圳富裕的其他城市而言，则难有很大的吸引力。

不过，深圳的改革措施的确向前迈出了重要的一步。未来十余

---

② 根据2012年8月15日深圳市政府常务会议审议并通过的《关于加强和改进城市更新实施工作的暂行措施》，政府将处置土地的80%交由继受单位进行城市更新，其余20%纳入政府土地储备。此外，在交由继受单位进行城市更新的土地中，仍按城市更新的一般要求，须将不少于15%的土地无偿移交给政府。——译者

年间，越来越多的城市需要寻找建设用地的替代性资源，更多的棕色地块注定会被纳入解决措施当中。实际上，政府关于加大投资力度，改善贫民区域的决定，绝对是朝这个方向迈出了一步。再者，深圳的改革举措与新一代领导集体已经明朗的若干政策不谋而合：探索更加高效的城镇化模式，废除不必要的官样文章，约束各种市场力量。深圳作为改革孵化器的角色依然不会动摇。

* * *

通过国际比较可以看到，中国城市的人口密度过低，其浪费资源的发展模式是原因之一。这听起来很令人费解：中国的城市并不缺人。麦肯锡全球研究院在一项研究中将中国的城市确定为 858 个，其中人口超过 500 万的仅有 13 个。这个数据很关键，因为中国要靠全世界 8% 的耕地来养活全世界 1/5 的人口。中国 80% 的城镇居民生活在 500 万以下人口的城市，这一数据跟美国相当，但人均土地资源仅是美国的 1/8。如果中国的小城市更少一些，大城市更多一些，它将可在更少的地方容纳更多的居民。

不过，麦肯锡的研究报告也显示，中国正在走向大型而分散的城镇化道路。该报告预测，随着全国如雨后春笋般出现 100 多个人口数介于 50 万和 150 万之间的新兴城市，中国在 2025 年时将会形成“分散式”的发展模式。同时，还会新增 60 多个总人口数为 150 万至 500 万的中等城市。从现有的趋势来看，中小型城市将会成为经济增长的引擎。麦肯锡预计，到 2025 年时，将有 70% 的城市人口居住在总人口数不足 500 万的城市，这些城镇带来的产值将占到城市 GDP 的一半多。

麦肯锡的分析师认为，这样的城市发展方式产生浪费，而且效率低下。在他们看来，中国应该追求更加集中化的城市发展模式，即把增长点集中在少数几个大型城市身上。关于集中型城镇化，他们提出了两种模式：形成 15 座人口数超过 2 000 万的“超级城市”模式，以及以小城市围绕大城市的辐射状发展模式。麦肯锡预计，这两种发展模式都比现有的分散式发展模式更能大幅度提高城镇人均 GDP 水平。

这样的观点颇有意思，但实际情况是，中国早已走上了以分散为主的城镇化发展道路，虽然间或也有巨型城市，不过起主导作用的却是大大小小的中小型城市。全国各地的地方官员们乐于看见小镇发展成为小城市，并成为当地农民的商品和服务中心，而要对这样的城市发展模式作出任何根本性的改变都为时已晚。实际上，中国巨大的人口数字不可避免地促成了分散式的城市发展模式。即便中国在 2030 年时形成 20 个人口数超过 3 000 万的巨型城市，还会有 4 亿人口居住在小型中心城市。

中国形成分散的城市格局的原因之一是，90 年代末，历届政府均毅然决然地支持基于公平理念的广泛城市化进程。人们普遍认为，中国的沿海地区在 80 年代至 90 年代初期独享发展成果，这显然很不公平，中央政府于是将大量资金投入中西部内陆地区的中心城市，力图使全国各地发展均衡。西部大开发始于 2000 年，国家将数百亿元的发展资金用于西部最不发达地区的基础设施建设。在一定程度上，这是根深蒂固的政策习惯之一——以效率为代价，换取平均分布。不过，也有经济方面的原因：覆盖全国的中小型城市综合网络，比由巨型城市形成的大型城市岛链更有助于形成健康、稳定的国内消费市场。

政府最新的思路已经转为对人口密集的大型城市的钟爱。推进小城市发展和允许大城市向外扩张数年之后，决策者终于告诉大家，他们想培育更加密集的城镇化发展模式。“现有的城市发展模式不具有持续性，”国家改革和发展委员会（中国的国民经济规划机构）前秘书长杨伟民 2011 年在北京的一次论坛上说。中央政府已经宣布，未来的城市发展将紧密围绕北京、上海、天津、广州和重庆这五个“全国中心城市”以及深圳、南京、武汉、沈阳、成都和西安这六个“区域性中心城市”来进行。“十二五”规划列出了 20 个未来城镇化发展中心，目标在于引导大型城市群的发展。这一思路是在每个链条内部形成网络，由此形成更大的劳动力资源，同时防止基础设施的重复建设。

从表面上看，鼓励大城市往更大的规模发展具有一定的经济学意义：人口密集的城市中心区域比小城市更能提供就业机会，所提供商品和服务的价格也更低廉。不过，也存在着非常现实的危险。这些链条内部独立存在的城市会逐渐融合，形成巨大的、难以掌控的混凝土海洋。尽管巨型城市得益于规模经济，但其中的拥挤和污染很容易变得让人无法忍受。究竟在什么状态下，增加城市居民所付出的代价大于社会福利的收益？经济学家和城市规划师互不认同。麦肯锡的研究人员认为，城市的生产力发展没有固定的限度：“在城市中心区发展的道路上，唯一的障碍是城市跟不上自身的扩展，从而无法对其加以管理。”

中国决定将增长引导至围绕巨型城市形成城市群，这究竟是发展规模经济的秘方，还是会导致灾难发生的“敌托邦”？这取决于如何管理新兴的巨型城市。全世界最大的城市群东京—横滨拥有的人口超过 3 500 万，但空气洁净，居民健康、衣食无忧，高效的地铁系统能把人们准时送往上班的地点。首尔—仁川地区有 2 000 多万人口，已经成功地改造了七八十年代衰落的大部分贫民窟。相比之下，世界上人口第二多的城市德里却深受基础设施严重短缺以及骇人的社会贫困之苦。

令人感到振奋的消息是，中国的发展轨迹与日本而非与印度相似。以上海和广州为中心的长三角和珠三角，都已踏上发展成为超级大都市带的道路，并很快就能与东京—横滨相提并论。在长江下游地区，大为改善的交通网络意味着上海、昆山、无锡、常州和南京很快就会连成一体。10 年前，从上海至南京的 300 公里旅程需要数小时，现在的高速铁路可以在 75 分钟内将旅客运送到江苏的省会。在珠三角地区，规划者正在制定一项耗资 2 万亿元的规划，将总人口加起来接近 5 000 万的九个城市融合在一起。这项计划试图将交通、能源、水利和通信网络相互交融。一条连接珠三角超级城市群的快速铁路将直通香港的大门口。

其他的二线和三线城市也将得益于日渐扩大的超级城市群，哪怕这些城市并不在其范围之内。除了更有效地使用能源，减少耕地流失之外，大城市也得益于不断增强的向心力：这样的城市通常比小城市更能吸引投资和受过教育的劳动力。而这些城市也能更好地消化新技术，并成为商业链条和工业链条发展上的核心环节。所有这一切都能够刺激经济增长。同样重要的是，中国的多数大城市都比小城市管理得好。不过，这并不意味着中国现行的数百个小城镇将会消失殆尽。小城镇的官员们将会继续为自己所能够得到的东西不懈努力，伴随着农民不断地离开土地，很多小城市将会一如既往地向前发展。

附 4.3

哪一层级?

关于中国的市场层级，大家的看法并未达成一致。以下规则可资应用：

1. 北京、上海、广州和深圳 4 个巨型城市。
2. 富裕省份的省会以及东部沿海高收入地区的 40 多个城市。
3. 贫困省份以及人口数超过 200 万的 40 多个城市。
4. 人口数 100 万至 200 万的城市。
5. 人口数不足 100 万的城市。
6. 农村集镇。

来源：测绘中国

在历经数年的城市发展拉锯政策之后，中国似乎下定决心遵循一条集中式和分散式相结合的双重模式。这样的做法几近独特。在其他发展中国家，巨型城市的发展模式占主导地位：以马尼拉、墨西哥城或曼谷为例，外来务工人员一窝蜂地涌进这些地方。相比之下，中国却有大约 700 个人口数不足 150 万的小型城市和大型集镇。印度有 5 个大型城市群以及无数个中等城市，它也许是唯一可以复制中国城镇化双重发展模式的国家。就中国的城市发展而言，这绝不是最有效的模式，但要从根本上改变这一状况为时已晚。

附 4.4

急于填满城市“钱袋子”：地方政府投资公司扮演的角色

中国的各级地方政府一直饱受诟病，说它们从农民手里掠夺土地，然后倒卖给开发商以获取巨额利润。某些贪心有余的官员急于获利，这便是类似行为的理由之一。还有一个理由便是财政压力。地方政府的开支需求十分巨大，而预算来源又非常有限。如果没有土地，地方政府将没有钱用于社会服务，或投资于城市基础设施建设。

除去占大头儿的基础设施开销，各级市政府还必须为包括教育和卫生保健在内的社会福利和服务提供几乎全部经费。第一要务是确保学校和医院运转如常，哪怕那样意味着要将征用到手的农业用地转手卖掉。要解决好社会服务，往往意味着没有钱再投入到有助于官员升迁的各种大型建设项目上。因此，地方政府别无选择，只能融资。不过，他们在此遇到一个核心问题：地方政府既不被允许从银行举债，也不被允许发行债券。

于是，地方政府为投资兴建基础设施，想出了别的法子。他们的办法就是建立融资平台——一般被称作地方政府投资公司（LIC），以满足自己的投融资意愿。就这样，土地再一次成了关键。地方官员获取一片土地，将其注入新的公司，公司再用这片土地作为从银行借款的担保。LIC 虽为政府所拥有，名义上却独立核算，所以它的运作在政府预算之外。

早期的地方政府投资公司被称作“城市发展与投资公司”，是投资城市基础设施建设的法定机构。然而，投资公司的数量和类型在过去 10 年间迅猛增加，因为农业县份乃至开发区，都想在其中分一杯羹。不同级别的政府投资公司，共同参与各类基础设施建设项目的投融资：高速公路、乡间道路、铁路、水电站、港口设施、灌溉系统等。不过，它们也经常为人诟病，说与房地产开发商合谋推高地价和房价。粗略而言，70% 的政府投资公司属于县政府一级，因为这个级别的融资能力普遍低于大城市。

全国现有 10 000 个政府投资公司。2008 年下半年，席卷全球的金融危机对中国的出口需求形成冲击，政府由此核准成立新的投资公司以刺激国内投资。自此以后，投资公司的数量不断飙升。2009 年 3 月，中国央行发布公告，鼓励地方政府“成立政府投资公司以从银行获取贷款，并为中央政府投资项目提供信贷支持”。其结果是国有银行向政府投资公司大量放贷，因为政府投资公司承担着为 2009 年至 2010 年间经济刺激计划超过 3/4 的项目融资的任务。不过，对地方政府债务水平不断增加的担心越来越多，有人批评、指责政府投资公司变相鼓励融资的管理不善。

投资公司经常被描述成是地方政府为规避贷款规则而设立的骗子公司。换句话说，这样的公司经常被用来忽悠中央政府。实际上，并没有这么不光彩。地方政府投资公司这一模式的首创者是中国最大的政策银行——国家开发银行。国家开发银行以此种方式投资于各地基础设施建设。也就是说，决策者从一开始就参与其中。与其说是鼓励胡乱投资，还不如说其全部意义在于迫使地方政府进行更负责任的投资。投资公司以商业利率从银行获得贷款，且得不到中央政府的任何担保。

到 2008 年时，这一模式已被证明大获成功。当时，地方政府投资公司利用房价飙升的机会大肆举债，几至不现实的水平。等到监管者细审银行的贷款记录时，才赫然发现有的投资公司没有任何资产作为抵押，仅凭政府一句还款的承诺就从银行获得了贷款。随着更多的经济刺激贷款在缺乏足够担保的情况下汩汩流入市场，这一问题在 2009 年持续恶化。

到 2010 年，地方政府投资公司的贷款出现失控，北京终于决定采取行动。首先，没有任何担保，仅有地方政府承诺的业务被全部取消。接着，严重违规者接到了关门的命令，地方政府被要求将基础设施建设项目重新纳入预算管理。中国的银行监管机构估计，地方政府投资公司的贷款超过了 9.1 万亿元。这一数字虽然庞大，但远不必大惊小怪。这一取缔性做法似乎给腐败画上了休止符：地方政府在 2011 年的债务只增加了 3 000 亿元，这说明流向地方政府投资公司的新增贷款已基本萎缩。

那么，接下来会怎样呢？有些地方政府投资公司已将其贷款作了延期处理，而将在 2015 年到期的贷款还有 3.2 万亿元。很多贷款都以土地作为抵押，但土地的价格从 2011 年下半年已经开始下滑。

一些小型投资公司很可能破产了事，这意味着债权人将要主动出击才能保证账目持平。假定政府投资公司一半的有抵押贷款和全部的无抵押贷款变成坏账，中国银行业的坏账总量在2014年将达到近2万亿元，是2011年年底坏账总额的4倍之多。这虽然是很大的一笔钱，但是不良贷款的比例只会增加至依然可控的2.3%。

地方政府投资公司在地方政府投融资过程中仍然发挥着作用，但这样的作用必须严加控制。在评估投资公司的贷款申请时，放贷人员对于未来土地销售的潜在价值应该更加讲求实际。土地价格总是有升有降，尽管城市化进程对于土地的巨大需求意味着土地的长期价格会持续上升。不过，在分析的结尾部分要指出，中国应该改革其财税体制，以使地方政府减轻因收支相抵而对土地产生的依赖程度。首先，只要价格确定合理，就应该允许地方政府发行债券——有的城市已经在着手尝试。不过，最重要的是，北京必须帮助地方政府卸下财政压力——既可以加大转移支付力度，也可以承担更多的社会福利开支。

成都和武汉：内陆地区的领头羊

当北京方面于2000年启动西部大开发时，中国西部的内陆地区绝大部分仍然处于极度贫困的状态。华中地区也发达不到哪儿去。面对如何推进西部贫困地区的经济发展这一难题，北京的策略通常停留在技术层面：投入大量资金，把重庆打造成“龙头”，拿出更多的资金投到其他几个大城市，再拿出更多的资金投资修建若干巨型工程项目。当务之急，是要在人烟稀少的偏远地区建立高效的交通网络，并与全国的交通网络连接。这样做的目的，是要让中国内陆地区的经济参与到国内贸易中来，其意义如同刺激东部沿海城市进入海外市场。

十多年过去了，这样的愿景大都得到了实现。中国广袤的西部省市已经修建起了密密麻麻的公路和铁路。华中地区与沿海近在咫尺，这全靠那饱受诟病却成效斐然的高速铁路系统。长江这条中国最大的天然运输大动脉，直通中国的中西部地区，目前是全世界最繁忙的内河运输航道。跨国公司顺着这些道路，纷纷在内陆地区设立制造业基地，既服务于国际市场，又满足国内需求。这一片区域已经由落后地区发展成为生机勃勃的城市中心，一点点地接纳着数量巨大的消费群体，他们既需要也希望过上上海人和广州人那样的生活。

中国内陆地区的城市发展令人惊叹。随着全国性的收入增长，中国的建楼热潮将扩展至人们很难在地图上叫出名字的地方。随着城镇化的加快推进，越来越多的农村务工人员将在离家较近的城市寻找活计，由此形成地域更加平衡的发展格局。决策者将这一成功的城镇化过程归因于多极增长。除了重庆，还有两个区域性的领头羊——成都和武汉具有独特的潜力，可以推动内陆地区的城镇化发展。

* * *

乍看之下，成都这座闲散的省会城市颇像在给中国期待已久的消费大爆发做广告。在城里的路易威登专卖店，梳着油光光大背头的中年商人浏览着 6 000 多元的男包，而他们年轻的情人则直勾勾地盯着金黄色的凉鞋。店铺的入口高达 15 米，装点着数百只闪灯，这些足以说明，这里是中国西部最繁华的城市。

尽管成都在过去 10 年间取得了令人瞩目的成绩，但其更富有代表性的经济发展成果，当属 75 公里外的紫平铺大坝那座灰蒙蒙的塔形建筑物。受益于中央政府在西部大开发项目上投入的巨额资金，紫平铺大坝竣工于 2006 年。但在 2008 年 5 月汶川大地震之后，这座大坝因为出现裂纹而意想不到地遭到了报纸的抨击。大坝被证明很结实，但在夺去 80 000 人生命的地震之后，因为灾后重建，四川成了中央巨额资金的接收地。与重庆和武汉一样，成都也正在发展成为消费中心，而在中国规模浩大的建筑热潮中，它仍旧是一个不可小觑的参与者。

地处亚热带的成都位于四川盆地中部，多平原和丘陵，四周有高山，素来被誉为“天府之国”。盆地丰富的农业资源孕育了中国一部分最先进的古代文明，四川也因此被称作西部的粮袋子和菜篮子。它同时也是全国最大的生猪饲养基地。然而，由于其农业人口占了绝大多数，导致城镇化率仅有 40%，低于全国平均水平 10 个百分点，因此从总体来说非常贫困。虽然四川的城市正在日益富裕起来，但其 10% 的人口还得去别处碰运气。四川的人口数为 8 100 万，与德国相当，但其经济总量却不及德国的 1/10。其人均 GDP 不到 2 万元，与埃及相同，在各省级区划中排名垫底。

在中国广袤的内陆地区，四川算得上是最近便的“代理人”。中西部地区行政区划有 18 个省级行政区，其人口总和占全国的 55%，但 GDP 总和仅占全国的 27%。这些内陆省份的经济所依靠的，不是推动沿海发展的那种出口加工，而是针对城镇化、基础设施建设和重工业领域的大量投资。2008 年的全球金融危机袭来之时，沿海省份受到一轮轮的连续打击，四川却几乎未受影响，继续乘风破浪。这让国外的分析家们大跌眼镜。他们以为出口减缓会导致全国经济疲软。当地的经济学家说，投资热潮将一如既往：他们断定，四川总体落后全国 5 年时间，落后沿海最发达城市 20 年时间。

不过，这种战略带有风险性。随着固定资产投资超过全省经济总量的 60%（且这部分投资多来自借贷），四川成了不平衡发展模式的典型案例，而这种发展模式常令中国的怀疑论者避而不谈。在成都，与豪华气派的写字楼比肩而立的，是 10 年前那一轮建筑大潮中修建的、现已显得过时的高楼大厦。不过，你只需在全省范围内走一遭，就会认定这样一种赤裸裸的现实：四川还需要投资，还需要很多投资。面对全省庞大的人口数量和不断增长的经济，四川的交通基础设施建设仍不够发达；考虑到未来 20 年将有数百万外来人员搬入城市居住，还需要新建工厂、商店和住宅楼。这是中国经济增长模式中的核心难题：似乎已经投资太多，但需要投资的还有很多很多。

只要沿着高速公路往成都以北走出去，我们就能发现到处都在等着花钱。散落一地的碎玻璃和长达数公里、被撞变形的护栏都在说明，在四川这条交通主干道上，每天都有交通事故发生。这一条拥挤的高速公路长达 100 公里，连接着全省的三大经济产业城市——成都、德阳和绵阳。每天上午，均有被撞变形的大卡车危险地沿着内道往前开行，挂车里装着成箱成箱的碎啤酒瓶，车顶上只用铁丝稍作捆扎。这只能说明是道路拥挤而不是驾驶技术欠佳造成的。这条双车道高速公路开通于 1994 年，当时四川的经济总量不到现在的 1/10。从那以后，交通迅猛发展，四川的客运量和货运量均居全国之首。

四川急需新修公路和铁路来缓解交通压力。幸运的是，在国家于 2008 年至 2010 年巨额投入的经济刺激计划资金中，拨给四川的部分，大都用于新建数十个交通基础设施项目。成都至绵阳的新建高速公路，以及连接绵阳、成都和乐山（观看全世界最大坐佛的游客纷至沓来）的高速铁路均包含在内。这些线路很快就将投入使用。成都和重庆之间也正在另外修建高速铁路，列车走完 309 公里的路程只需要 56 分钟，这将大大缓解目前运行时间为 2 小时的交通压力。

与它的竞争对手重庆一样，成都的目标是建成中国西南地区的交通和物流中心。当地官员说，成都投入七八亿元新建的铁路集装箱物流中心堪称亚洲第一。这个中心可以将常规货运服务延伸至沿海各主要城市，并极大地缩减本地货物外运的时间和成本。四川的出口总额在五年内增加了近 5 倍，由 2006 年时的 66 亿美元增加至 2011 年时的 290 亿美元，但在全国的占比仍微不足道，仅有 1.5%[③]。四川为内陆省份，主要集中点在国内贸易上。不过，成都双流机场已经跃升为中国中西部地区最繁忙的客运和货运机场。由于具备经济的空运方式，四川省在轻工业和高新技术产品的出口方面仍有一定的增长空间。

四川的经济仍旧依赖重工业，如石油化工、采矿和金属冶炼、交

③ 据国际在线消息，中国 2011 年出口总额为 18 986 亿美元。——译者注

通设施、电子设备以及机械等。不过，四川省，尤其是成都的工业化焦点已经越来越集中于技术和轻工业制造。这些都是劳动密集型产业，迅速崛起的各大城市正需要以此向成千上万的进城务工人员提供就业机会。几十家轻工业制造商，包括一大批鞋类和家具类承包制造商，已经从沿海搬来四川，看上的正是其低廉的成本和日益扩大的国内市场。

四川省对工业投资的最大吸引力在于成都高新技术区。这个高新技术区占据了整整一个区的地盘，而且正在对城市布局予以重新规划。已有 140 多家"财富 500 强"公司现身成都，其中有很多就位于这个区。这个区最大的成就是说服英特尔公司于 2005 年在此开设制造厂，并带动了后续投资：世界第三大芯片制造商中芯国际集成电路制造有限公司（SMIC）、美国的电子连接器和电缆制造商莫仕公司（Molex）也来此开厂。英特尔、IBM、AMD、爱立信和诺基亚全都在成都高新技术区设有研发中心。为苹果公司生产 iPod 和 iPhone 的、来自台湾的电子设备承包制造商富士康，投资 8 亿美元设立了制造厂，可雇佣劳动力 10 万人。

成都高新区位于成都的南郊和西郊，既是成都快速推进城市化建设的缩影，也是那种摧毁中国无数城市的浪费型扩张的最佳典型。高新区牵引着城市的中心往南迁移：市政府于 2010 年搬迁至此，一条新修建的地铁线路连接着市中心，并有望带动数千人成为该区新建住房的买主。也有一些发展的朝向与之相反。省政府搬迁至西北郊，以避免市中心的交通过于拥堵。一条新建的高速铁路直通位于成都西北 65 公里，但仍属于市区范围内的小城都江堰。这有助于将沿途的大小城镇纳入这一条交通走廊。

随着成都持续不断地向外扩张，城市居民和农村居民的协调发展已成为主要的政策挑战。2010 年，成都的报纸对一家敢于“吃螃蟹”的公司进行了大幅报道。这家公司以运输用集装箱向进城务工人员提供住宿服务，并取名为“蜗居”，每晚收费不足 7 元。成都计划向全市辖区内的 700 万农村居民免费赋予城镇居民的权利，这一计划迄今为止并没有给大家的日常生活带来什么冲击。不过，统筹城乡取得成功，对于四川乃至全国来说，都至关重要，因为它要超越目前由国家主导和举债融资用于基础设施投资的发展模式，而这种模式浮华得如同路易威登门店上薄薄的装饰片。

附 4.5

坐上“刺激号”快车

2010 年 5 月 12 日，一列豪华快车缓缓驶进空荡荡的都江堰火车新站，来自中央政府的规划者互相庆贺。两年前的当天，一场大地震把都江堰那些建筑质量低劣的学校夷为平地，夺去了几百个孩子的生命。这条连接着成都、全长 65 公里的高速铁路便是以政府为主导的重建工作的重要标志。这个项目投资金额为 10 多亿元，是四川最大的震后单笔重建项目，从规划到建成只花了 18 个月时间。与中国所有的高速列车一样，成都至都江堰的列车正式的名称是“和谐号”快车，但更准确的名字应该是“刺激号”快车。

在 2008 年年底至 2010 年中国规模宏大的经济刺激计划中，四川是最大的受益者之一。在用于经济刺激的资金库中，大笔资金被用于灾后重建项目。2008 年 5 月 12 日那一场横扫中国西部的 8 级大地震夺去了 87 000 多人的性命，并使 1 500 多万人无家可归。据官方统计，在报纸报道的总额为 4 万亿元（实际的金额远高于这一数字）的经济刺激资金中，有 1 万亿元被投到了为期三年的灾后重建工作中。

这么多资金大多被合理合法地用于灾后重建项目。从都江堰火车新站往外走上几分钟的路程，就可以看见孩子们正在新建成的、外形别致的学校里学习，数千名老房子被毁的居民已经搬入外观迷人的公寓楼。不过，也有一部分资金用于成都至都江堰的高速铁路这样的建设项目。这样的建设项目在重建工作中并没有具体的目的，类似的额外资金正好符合政府关于大搞交通建设和力推城镇化建设的政策，这显得格外有用。此外，也有证据显示，存在着资金浪费和管理不善的问题。

都江堰是距离汶川大地震震中地区最近的城市，也是震后重建工作的典范。一说到都江堰，大家就会想到它那不太光彩的“豆腐渣”学校教学楼，这些学校在大地震中夺去了几百个孩子的生命。其实，在这座古城里，比“豆腐渣”学校名声更响亮的，是它那已有 2000 多年历史的水利工程都江堰，而今吸引着大量来自成都的一日游游客。都江堰主城区的大部分在地震中被彻底摧毁，现在已全部翻新重建。原先要通过一条弯弯曲曲的山路，走上 20 分钟，才能从都江堰到达汶川县的小镇映秀，现在连接这两个地方的是一条新建的高速公路。当地人告诉我们，依靠这些外来的投资，现在的都江堰比地震前繁华多了。将都江堰纳入成都交通走廊的高速列车既推高了房价，也让都江堰的满大街跑起了亮铿铿的新车。

另一个成功重建的典型，是位于成都以北100公里的新北川——一座在新征来的农地上建设的新县城。老北川县城在一条深谷中，四周全是高山，先是被地震震得面目全非，接着又因山体滑坡而被夷为平地，造成20 000多人无家可归。现在的新北川县城背靠青山，在一条河堤上。北川有20万羌族人，居住在川西北的崇山峻岭之间，有放牧牦牛和马匹的习惯。穿过一座气势恢宏、长约150米的桥梁，就进入以羌族传统民居建筑群为主体的“商业街”。这些民居全部用打凿过的石块和雕刻过的木头做成。政府的规划者认为，旅游业是这个地区遭受重创的经济得以恢复和重建的一条出路。

新北川的建设为中央政府“对口援建”计划中的一项，这一计划将受灾的各个区域与东部富裕省市结成伙伴关系。新北川（与山东结成对口援建关系）和都江堰（与上海结成对口援建关系）等城镇在这一计划的框架之下运作良好，所得到的投资金额数量巨大，而且计划周密。但慈善工作者说，这一计划缺乏良好的组织性，对口援建单位在重建过程中的管理弹性很大，由此造成重建工作差异很大。当地村民损失惨重，很多人抱怨他们只领到2万元的补助款，与70 000元的新建房屋开支相去甚远。一部分农民从银行获得贷款填补这一部分差额，但很多农民只能用自己的积蓄来补足。很明显，政府的政策还是集中在城市建设上面。

还有一个问题是资金管理不善。有些政府官员将重建资金挪用于修建道路或者政府办公楼，还有一些人则干脆贪污资金。国家审计署在2009年对72个灾后重建项目进行了长达5个月的调查，结果发现有2亿多元资金存在使用不当的现象。最令人气愤的是，绵阳的官员挪用了本该用于重建被损房屋的1亿多元资金，在城郊新建了一个区。四川一共有350多名官员因为违反法律或党纪受到上级的审查。

如果继续夸大这些问题，实在显得有些苛求。也许没有哪一个国家能够如此迅速高效地调用大笔的资金和大量的人力：都江堰和北川均在两年之内完成了灾后重建工作。不过，还是很有必要加以指出，政府的规划者以重建工作为幌子，给一系列涉及范围更宽泛的经济政策作掩护，而这样的经济政策远不止是简简单单修复灾民遭受重创的家园。将羌族村寨复建为旅游景点，是为了让贫困的山里人每天都能感受都市经济，而新建城镇和道路设施则与全国性的城镇化进程不谋而合。四川的灾后重建，是更广泛意义上的经济主题的一个组成部分。

* * *

与重庆一样，武汉被称作“中国的芝加哥”。与这个美国城市的名称相符，这两个城市都是区域性航运中心，都具有重要的水运港口，是全国其他地方通往内陆欠发达地区的门户。同原来的芝加哥一样，这两个城市建城的根源都是外来人口及其劳动力，但流向重庆的资本（既有政治的，也有财政的）更多一些。武汉地处中国的中心位置，这意味着它能更好地像芝加哥那样发挥作用。

到 2025 年时，中国有十多个城市的人口数有望超过 1 000 万，武汉便是其中之一。它现有的人口数在 500 万至 1 000 万之间，不过这取决于和你说话的是什么人。“我们不清楚武汉到底有多少人口。”华中师范大学城市管理学院的教授曾菊新说，“城市人口的实有数是 500 万，但如果你把郊区和周边农村的常住农业人口一并计算进来，会增加到 800 万。”如果再加上 200 万临时人口（主要是大学生和来自周边中部各省如湖北、湖南、河南、江西和安徽的进城务工人员），那么这个省会城市就有了 1 000 万人口。

武汉地处腹心位置，吸引着来自全国各地的流动人员。流动人口主要包括体力劳动者，也有来此碰运气寻商机的长期型流动人员。涌入城郊居住的本地农民也日渐增多，有些人手里还攥着城市户口，那都是土地被征用之后给他们的补偿。此外，武汉还是重要的教育中心，有 70 万名大学生在这里求学。尽管毕业生一般都会离开这座城市，前往沿海地带寻求薪水更好的工作，但当地经济的发展，尤其是高新技术产业带的发展，也吸引了越来越多的学生。

控制城市的扩张是令市政府颇为头疼的事情，因为他们没有沿海发达大城市如广州和天津那样的经济实力。负责规划的官员认为，日益增长的人口已经给城市的基础设施带来了很大的压力，这样的压力已经潜在地影响到了生活水平的提高。大家一致认为，这座城市只能容纳 500 万人口。而人口的进一步增加必然会导致城市的向外扩张。“随着人口增加，交通、就业和卫生都会产生压力。”武汉市房管局的谢伟（音译）说，“我们需要发展郊区和卫星城镇来分担城市中心区的压力。”

2006 年，武汉启动了完成时间为 2020 年的城市总体规划，该规划确定了辐射状的城市发展模式。根据该规划，城市中心区的人口数将控制在 500 万以内，但总人口数会增加至约 1 200 万。城市的居民将主要居住在由城市延伸出去的六个辐射点上，四面围绕着农田和“山水”。根据这份规划的展望，城郊居民工作和生活的地点都在郊区，无须通过交通工具入城工作或生活，但所有的郊区都有高速公路或铁路与市中心相连接。此外，新修建的交通线路将连接起这六个卫星城镇，使之融入武汉经济圈，并让武汉的一部分市民能够搬到城外居住，然后乘坐交通工具进城上班——这是典型的大城市辐射状发展模式。

该计划对于限制城市扩张和保护城郊绿化带都作出了严格的规定，区划和人口密度不但有严格的限制，而且这些限制因为区域和土地类型的差异而各不相同。这样做的目的是为了防止城镇化区域过于密集。“我们不希望看到无节制的城市化和工业化，所以需要控制城市的扩张。”武汉市城市规划部门的负责人应以（音译）说。不过，应以也承认，这样的计划“实施起来很困难”，“灵活性”是需要的，如果有的地方该扩张，那还得扩张。这就增加了一种可能性，尽管政府限制城市扩张的目标值得称许，但武汉的诸多卫星城镇将与郊区连接成片，最终形成巨型城市。“随着人口的增长，城市的扩张不可能控制得了。”华中师范大学城市与环境科学学院的罗静说。

武汉的北边就有一片这样的区域，这里高高耸立着武汉钢铁厂的大烟囱，边上是正在弓着腰侍弄菜地的农民。现在的青山区还是一片片小地块，溪流受到污染，路边建材店林立。不过，市政府已经着手将这一片地带打造成光彩耀眼的新郊区。钢铁厂和浩瀚的长江之间，是一片被拆掉的房屋和围墙，张扬地预示着这里将建成物流中心。顺着道路往前走，是一座大型火车站（2010 年建成，是武汉的第三个火车站）和跨江大桥。堤岸上，新栽种的花草蒙着尘土，显得无精打采，工人们正在为即将入住郊区的居民修建公寓楼。

先不讨论建设新城郊以及联结它们的道路系统的花销，就是把市中心打造得很现代化，甚至建成商业中心，也要投入巨额资金以完成基础设施建设。这在武汉尤其如此。武汉地处长江和汉江的交汇处，需要更多的资金来建设桥梁和隧道，以缓解这个现代化城市的三个组成部分——汉口、汉阳和武昌之间的交通瓶颈。“未来要发展，首先要拿钱建设基础设施。”一位武汉市财政局的负责人说，“我们不想变成印度那样。”他强调说。

尽管有很大一片区域需要重新建设，但武汉正在努力赶上沿海富裕城市的基础设施建设和生活水平。2005 年，武汉仅有 50% 的废水被处理，这一数字在 2010 年时已上升到 80%。大规模的住房建设项目把人均住房面积提高到了 30 平方米，这个数字在 10 年前仅为 10 平方米多一点。武汉首条穿越长江的过江隧道于 2009 年开通使用，青山区在此之前已经耗资 100 多亿元新建了一条 5 公里长的道路和一座铁路桥。同一年，全国第一条高速铁路在武汉和广州之间开通，旅客只用 3 个小时就能走完 1 000 公里的路程。

然而，追赶人口增长和令人兴奋的发展速度，已经成了几乎无法完成的任务。武汉市的机动车拥有量在 2010 年超过 100 万辆，但这个数字只是北京的 1/5。北京的交通已经进入准发达水平，而城市规划者正在努力与此保持同步。“新路的规划和设计都赶不上车辆的增加。”武汉市交警部门的负责人蔡菁说，“一条道路的规划和建设刚一做完，我们往往就需要进行改动。”

官员们认为，为了缓解长期的道路拥挤状况，发展公共交通成了首选。武汉在2004年开通第一条地铁线路，使之成为继北京、天津、上海和广州之后，全国第五个拥有地铁的城市。第二条线路于2012年开通，第三条线路也已经获得批准。问题是要让大规模运输系统对公众产生吸引力，而公众却往往越来越多地青睐于拥有自己的车辆。尽管武汉的公共交通优于全国很多城市，但使用它的人数仅略高于全市总人口的1/4，因此政府计划将这一数字在2020年时提高至45%。“坦白地讲，大家把公共交通同穷人画等号。”武汉市交通科学研究所交通工程研究室主任张建武说，“人们觉得乘坐公共交通会给自己丢脸。但除非白领和专业人士选择乘坐，否则就是失败。”

最大的症结也许还是资金。尽管名义上，地方政府不能贷款，但实际上，它们通过看似独立的地方政府投资公司来操作。武汉市财政局的负责人说，各城市的地方政府投资公司，以基础设施项目名义获得的资金来源作为担保，从银行获得贷款。他始终认为，所有的贷款最终都要归还。同时，中央政府应该共同为大型基础设施项目投入资金，新建的武汉火车站和桥梁都用到了来自中央政府的资金。“市政府一直缺钱用，但现在的情况比以往好多了。”他说，“财政压力依然紧张，但我们现在至少能够投资于很多基础设施项目，这在以前是不行的。”

从财政的角度看，把钱投入到钢铁和水泥行业远不如解决棘手的社会保障之类的问题那么令人沮丧。新建学校和医院是一方面，而支付养老金是另一方面。尽管到处都有人外出务工，但官员们认为户口制度在防止农村家庭大规模进入城市方面，仍然发挥着重要的功能。如果外来务工人员大量涌入，并要求全额享受社会保障，无疑会给武汉这样的大城市带来巨大的压力。“所以，我们投资于农村的基础设施建设和公共服务，那么农民们就没必要或不愿意搬到城里了。”这位负责人坦白，向城镇居民提供社会保障依然是市政府最艰巨的任务。

然而，随着越来越多外来务工人员开始在城市里长期安顿下来，他们对于公平待遇和同等享受社会服务的需求会与日俱增。武汉市的2020年规划并未触及这一问题。“如果社会保障网络覆盖不了这一部分人，这个城市将无法稳定。”曾教授说，“我们需要解决户口问题，但谁也不知道该怎么办。”

附 4.6

家，甜蜜的家

将视线从武汉跨过汉水投向对岸，中国城市里各种破败潦倒的房屋在这里都能看到。不过，武汉也和全国数百个大城市一样，正在付出极大的努力，为城镇居民提供体面的居住条件。在全市范围内拆除老旧房屋，以腾出地方修建高档公寓楼，其中包括价格优惠的社会保障性住房。

其中一例，是位于汉口北边的“黄埔人家”经济适用房住宅小区，低收入家庭可以按照低于市场价的价格购买这里的住宅。该小区修建于被拆除的厂房原址上，与四周破旧的出租屋相比，简直就是一片绿洲。小区的外墙涂上了亮丽的色彩，硕大的鱼塘里养着金鱼，中庭和儿童游乐园的四周绿树成荫。退休居民要么坐在中庭里，要么坐在自家的阳台上呷着茶。小区外面的水泥砖房和这里大不一样，敞着的楼梯落满了灰尘。据物业经理说，这里住着768户人家，其中有40户靠政府的“低保”维持生活。全市修建的所有经济适用房项目必须提供一定比例的房子，政府再以优惠的租金将其出租给贫困家庭。

50多岁的唐永华（音译）是一位离异人士，于2006年带着她的智障女儿搬入了“黄埔人家”的新房子。她的两居室住宅面积为60平方米，每个月仅需支付租金30多元。“原来的房子跟这里的新家根本没法比，这里简直就是天堂。”她一边说，一边指了指光线充足、通风良好的几个房间，房屋外的中庭令人赏心悦目。她原来跟别人合住一套房子，租金是现在的四倍，还不带卫生间。“很多人排着队想得到房子，我们算是幸运的。”她说，“不过我相信，每个人最终都能住进这样的房子。社会在进步。”

第五章

◆

沙漠“鬼城”

——中国式造城

◆

“我是万王之王，奥兹曼迪亚斯
功业盖物，强者折服”
此外，荡然无物
废墟四周，唯余黄沙莽莽
寂寞荒凉，伸展四方。

——珀西·比希·雪莱《奥兹曼迪亚斯》(1818年)[①]

在荒漠中建起那座风光的新城之前，鄂尔多斯的政府官员们肯定没有读过雪莱这首著名的十四行诗《奥兹曼迪亚斯》。雪莱写这首诗是受到了早已衰落的拉米西斯（公元前13世纪的古埃及法老）王国的启发。鄂尔多斯不是某个伟大王国的都城，而是内蒙古的一座城市。但它已知的煤炭储量占了全国的1/6，因此这是一座非常富裕的城市。与奥兹曼迪亚斯一样，雄心勃勃的当地官员也正在荒漠中建造一座巨大的城市。

众所周知，康巴什新区随处可见奢华的公共建筑，展示地方荣耀的现象比比皆是。市政府新建的庞大办公楼俯瞰着一个巨大的广场，四周竖着旗杆，举目皆是成吉思汗和他那帮四处征战者的巨幅雕像。当地人说，温家宝来这里视察的时候告诉当地官员，他们修建的楼房

① 此处采用杨绛的译文。——译者

比北京的人民大会堂还要豪华。广场边上有一座博物馆和一座大剧院。博物馆耗资 5 亿多元，非对称的外形酷似一只飞碟。大剧院耗资 3 亿多元，让人一看就联想到了雕刻在巨石上的传统蒙古帽。公共图书馆有八层，其特色是拥有玻璃穹顶中庭和整整一层的馆藏蒙古文学图书典籍。从广场看过去，是鳞次栉比的高楼大厦和数千套公寓楼，在荒漠中它们连成一片，在阳光的照耀下闪着微光。一切都显得十分壮观，除非你注意到了这座城市缺乏的最基本要素——人。

每每说到中国的城镇化进程已经脱离现实，批评家们总会把鄂尔多斯当成反面教材。2010 年，传奇卖空天才和对冲基金经理吉姆 · 查诺斯宣称，中国已经踏上了“通往地狱的跑步机”（他似乎忘记了，跑步机其实哪里也通不了）。他把中国对于房地产投资的过度依赖比喻为海洛因成瘾，并宣称中国这种不计后果的投资行为犹如一个即将破灭的肥皂泡。一年以后，成功预测 2008 年全球金融崩盘的“末世论”集大成者鲁里埃尔 · 鲁比尼发出警告，中国的过度投资将会引发金融危机或数年增长疲软，或兼而有之。鲁比尼以几无一人的新城区——“鬼城”频现为证，说明中国的过度投资已经越过临界值。确定无疑，他所想到的，正是这座尽人皆知的沙漠“鬼城”。

那么，鄂尔多斯的领导们是正在疯狂地吹着肥皂泡吗？还是说在他们貌似的疯狂之中其实是存有理智的？ 2002 年，鄂尔多斯的住房市场开始起步，当地政府便针对康巴什制定了蓝图。钱不是问题：2006 年至 2010 年间，当地 GDP 年均增长幅度高达 23%，地方政府的税收在过去五年间增加了 7 倍，超过了 1 500 亿元。人均 GDP 10 多万元，是北京的 2 倍。当地政府希望能一石二鸟：建一座新城以满足全市日益增长的城镇人口，同时让富人的钱财不落入他人田地。21 世纪头 10 年间，鄂尔多斯的城镇人口数增加了 40 万，达到了 100 万，而且有望继续增加。康巴什计划容纳 30 万人，规模相当于泰恩河畔的纽卡斯尔市或者匹兹堡[②]。不过，官员们也在竭力避免出现毗邻的山西省的情况——众所周知，那里的煤老板拿着钱跑出省，在北京购买豪宅。

政府的政策成功了一半：康巴什的房产购买者绝大多数是本地人。但空置率仍高达 80%。新城的投资者们大多不住在这里，而愿意住在老城东胜。每天早晨，数百名政府工作人员和国有企业员工坐着车，穿过一片沙地上的灌木丛，到康巴什的崭新大楼里上班。傍晚，他们下班回到熙熙攘攘的原住地，那里有餐馆，有商店，有生活的气息。

政府规划者说，他们之所以选择这个生活不太方便的地方修建新城，是因为东胜长期缺水，而康巴什就在河岸上。随着康巴什的发展和鄂尔多斯人口的增加，他们希望有更多的人搬入新城。政府计划在 2015 年前让 15 万农民脱离土地，而这些人都需要住房。据报道，城市周边的部分宅基地补偿金已高达 200 余万元，因此，很多新增城镇居民都有钱买房子。此外，鄂尔多斯的快速发展也可能会吸引成千上万的外地流动人口。然而，至今尚不知晓这些新增人口究竟会选择居住在康巴什，还是建筑业十分发达的东胜。

令规划者郁闷的是，鄂尔多斯相当部分的私有资金还是流入了水贵如油的老城区。东胜的地平线上满是起重机，街道上挤满了豪车。与其说东胜是一座典型的中国城市，还不如说它更像一座资源丰富的

② 纽卡斯尔和匹兹堡分别为英国和美国的城市名。——译者

中东小城邦。当地人开着价值 100 多万元的进口路虎“揽胜”，富丽堂皇的卡拉 OK 厅门外停放着雷克萨斯 SUV。出租车司机说，他们每个月能挣到 2 万元——是北京同行同期收入的 6 倍。东胜的街道色彩单调，但热闹非凡，马路上的行人多是刚脱离土地没多久的农民，他们鼓鼓囊囊的皮包里装满了现金。

除了豪车，鄂尔多斯的新富们还需要住豪宅。“我们的客户主要是煤老板，他们要么把自己的产业出售给政府，要么靠着地产融资发了财。”马少华解释道。马少华既是地地道道的北京人，又是“华府世家”——东胜老城区新建的最奢华小区的客户经理。这个小区共有 700 套房，采用大理石地砖和仿巴洛克风格，四周树木环绕。附近的小河先前泛着泡沫，最近散发恶臭。一期工程共 180 套房子，尽管每套标价高达 1 300 多万元，但开盘 7 个月已卖出了 150 套。“他们已经有了路易威登和阿玛尼，现在还想有豪宅和豪车——路虎‘揽胜’、‘宾利’或者‘劳斯莱斯’。”马少华说。

在市中心，外来务工人员正坐在路边歇息。他们已经劳动了 12 个小时，不是搬运煤渣砖就是浇筑水泥。他们住宿的地方是一排污秽不堪的老式村舍，紧邻着建筑工地。54 岁的甄先生来自华中的北部地区，原是一个农民，他说自己是第一次进城打工。甄先生当建筑工人的月收入有 3 000 元左右，这对农民来说是一大笔钱，而且也比全国大多数进城务工人员的收入高出许多。“这里的人原来跟我一样穷。”他毫无怨言地说，“但鄂尔多斯现在满地都是钱。”

目前，鄂尔多斯房产热潮中的赢家远多于输家。问题是，这种现象还能持续多长时间呢？ 2011 年年底，已有多篇报道指出，鄂尔多斯因投机而产生的泡沫经济已经开始崩溃，当地的房价跌幅达 1/3。业余投资者中开始出现借贷者自杀的负面信息。当泡沫破灭时，这个行业简直令人痛苦万分。不过，无论市场进行怎样的调节，鄂尔多斯也许都可以应对自如：这个城市有的是煤炭资源，政府官员和投资者都有大把大把的钱，可以投入到前途未卜的建筑工程领域并持续多年。再说，即便鄂尔多斯输掉赌局，这也和全国的绝大多数房产开发商没有一点关系。这里不过是新建成的紧靠旧城区的郊区而已，根本不是什么沙漠小迪拜。康巴什不会被无边无际的沙漠吞噬的。

甚至有迹象表明，这座沙漠之城已经开始对人们产生了吸引力。主广场边上的那一溜餐馆生意兴隆。一家小川菜馆的老板说，餐馆的生意 2011 年已经大有起色。新城区开设的商铺越来越多，两所大学建成了新校区，一下子带进来好几千个大学生。随着康巴什建成更多气派的学校，这一地区将会吸引无数家庭来此安居，毕竟这里的房价比东胜便宜。罗先生是一位退伍军人，于 2009 年从老城区搬迁来此。他说，正是这里新鲜的空气、宽敞的空间和便宜的价格吸引了他。“确实很安静，不过我们那个小区已经入住了近 800 户。”他说道，“2009 年的康巴什确实是‘鬼城’，但现在不是了。”

* * *

从关于中国房地产市场的传闻中挑拣出真人真事，显得非常艰难。2009 年下半年，已经开始出现关于中国“鬼城”的传闻，市场上的谣言越传越夸张，说中国已经大面积出现过度建楼的现象。其中一种传言被市场的回声室效应放大后，变得非常流行，说中国空置的公寓房高达 6 500 万套。一时之间，所有的城市看上去都像鄂尔多斯。

中国的房产市场总是谣言频出，这不足为奇。中国房产市场的几个大玩家不仅属于国有，而且未公开上市，甚至一半以上的房产项目并未拿到公开的市场上去销售。中国的房产市场数据相互矛盾，解读这些数据的难度众所周知。不过，说这样的市场“不透明”还是有失公允的。但中国的房产市场确实至关重要。中国的经济高度集中于钢铁和水泥行业，和建筑业已经形成了异乎寻常的依赖关系。中国在很多原材料领域都具有定价权，因此，其建筑行业哪怕有一丁点儿放缓的迹象，都会导致全球商品市场的价格异动。如果中国的房产市场确实是一个大泡沫，全世界的人都有必要知道这一点。

幸运的是，鼓吹“中国泡沫论”的投资专家说得不对，因为他们误读了中国城镇化进程的本质。他们不仅没能理解这一进程的规模，而且在作出结论的时候过于以西方的商业准则而非中国的商业准则作为依据。吉姆 · 查诺斯和鲁里埃尔 · 鲁比尼等批评家说得没错，中国的经济模式对于过度投资具有鼓动作用，城市里浪费现象严重，但中国的经济依旧处于这样的发展阶段，即效率不是最重要的。再大而无用的东西这里都能装得下。再说，实际情况是，中国修建的公寓楼还远远不够，三五个空无一人的小区不能成为中国房产大泡沫的证据。中国房产市场的效率也许不够高，但人们对它的需求不仅巨大，而且日益增加和持续。

中国房产市场的评论家大都没有认识到城镇化进程将会给新建住房带来多大的需求量。每一年，中国的城镇必须吸纳 2 000 万以上的新居民。同时，随着现有的城镇居民日渐富裕起来，他们也会要求住进更大更好的公寓楼房。2011 年，新建住房的需求量超过了 10 万套，这个数字足可以延续 10 年或更久。中国现代住房（定义为拥有独立的厨房和卫生间）的总量约为 1.8 亿套，但目前还有 2 亿外来务工人员居住在集体宿舍或者贫民窟。如果大家都认可城市贫民也应该享有合适的居所，那么就可以得出结论，中国城市的住房供应严重不足——缺口在 7 000 万套上下。中国新建的公寓楼不是太多，而是太少。

随着中国越来越富裕，进城务工人员和城镇工人阶级都会产生住房再需求，以享受物质文明。中国在 2009 年仓促实施的大规模社会保障性住房建设项目，就是这个过程的开端。北京龙洲经济研究咨询公司预测，2010 年至 2020 年间，将会有 4 000 万至 5 000 万个新进入城市的家庭产生住房需求，而未来 20 年间对于住房的潜在需求总量，包括改善型住房需求和对保障性住房的需求，每年约为 1 000 万套。设计欠佳的住房项目会一路惨败，而一些开发商和投资者也会血本无归。但中国的城市必须超前建设，以便为新增城市居民提供住房。同样重要的是，这些人的房子应该修建在新城区，而不要指望早已拥挤不堪的旧城区还能承受这样的压力。

这样的新城区大都会修建在城市向外拓展的边缘区城。“鬼城”这样的绰号于事无补，因为它喻示的是中国建了很多空无一人的新城区。这当然不合事实：新城区属于个别现象，而不是普遍现象。把房产开发看作是新建郊区或者是围绕现有的城市中心区新建的卫星城镇，而不是在乡村地区孤零零地拔地而起的建筑群，这才更加准确。对于从城市中心区老旧住宅里搬来此地的人，以及四处寻找价格合适的住房的年轻家庭而言，郊区的诸多房产项目满足了他们的迫切之需。“鬼城”大都只是尚未有人入住的新城区。无论早晚，中国的空城都会人满为患。

* * *

鄂尔多斯的康巴什是中国新城建设方面罕见的实例。此外还有三个典型代表，分别是沿海省份山东的临沂市、中原省份河南的省会郑州市，以及中国西南亚热带省份云南的省会昆明市。

临沂一直是个籍籍无名的地级市，大家只知道那里满大街都是批发市场。2002 年，临沂市仅有 65 万人口。依照中国的标准，临沂市仅算得上一个大型城镇，与山东的大城市济南和青岛相比显得十分渺小。但是，临沂市所在的行政区划下辖了多个小镇和村庄，总人口超过 1 000 万，为山东之最。因此，他们在 2003 年着手盘活其主要的资源——规模巨大的农业人口，以便将这个昏昏欲睡的小城镇建设成为欣欣向荣的大都市。

临沂的政府官员用来表达该计划的，是一个政治上正确的术语“城乡统筹”。这一术语的意思是让农民脱离土地，并将他们转为城镇居民，而正是它，推动了成都和重庆的城镇化进程。政府拆除农村的宅基地，收回并整合农村建设用地，并将失地农民安置进城镇新建的住宅小区。2010 年，临沂市将 24 个村调整为 5 个城市居民区，占地面积仅为原先的 30%。整合后多出来的土地要么用于城市开发，要么用作担保，以便从银行获得贷款来新建住宅和道路。

地区首府所在的城市加上十来个小城镇，临沂的总人口数从2003年时的330万攀升至2009年时的530万，城镇化比例从33%提升到了48%。临沂市本身的人口数翻了一番，达到了150万，城区面积更是扩大了2倍。当地官员说，他们在2004年至2008年间一共拆除、改造了2 000万平方米的城市住房——足够安置约100万居民，并另建了180万平方米的公共优惠“经济型”住房。他们宣称，仅2008年一年便有21.3万名曾经的农民在城镇实现就业——多是在临沂的批发市场当送货员。从2003年至2010年，临沂的城镇化年平均水平高于全国，达到了2%。

未来10年间，城市的规划者准备再将200万农民转移进城。他们的目的是要将本地区的城镇化率提升至65%。到2020年，他们希望城区总人口数上升至760万，其中临沂市的人口数接近300万。其余的新增城市人口将搬入12个卫星城镇，其现有的10万至20万的人口规模有望实现翻番。

这一雄心勃勃的计划使市政府面临多项挑战。第一个挑战是为新涌入的进城务工人员提供足够的住房和基础设施。为此，政府一直把精力集中在新城区的建设上。新城区与老城区隔沂河相望，沂河河面宽阔，河岸遍布沙滩，人们常在夏季去河中游泳。新城区被称作“南坊新区”，道路宽敞，学校林立，还有一个科技馆。这里许多建筑十分亮丽，即使搬到上海也不会落伍。比如，临沂市商业银行便占据了一座40层高的摩天大楼。不可避免的，市政府在这里新修了行政中心，它俯瞰着宽阔的公共广场和景观公园。在点缀其间的人工湖上，横跨着一座传统的中国桥梁。然而，新区开工五年后，数百栋公寓楼和亮丽的办公楼仍空无一人。明眼人一眼就能够看出，商店、餐馆和商铺统统不见踪影。与康巴什一样，这里缺少的也是人。

驾着车穿行在空荡荡的街道上，我们很容易就得出了这样的结论，“南坊”这座新城就是一座纪念碑，缅怀的是当地官员的好大喜功——浮华的建设项目和资金的巨大浪费。官员们也许有权力把数百万农民驱离土地，但他们无法明白市场的真谛。部分公寓楼专为失地农民和当地国有企业的员工而修建，但大多数将用于出售。尚不确定的是：临沂的地方经济能否带来足够的财富并由此产生需求，来填满数十万套空荡荡的公寓楼？

不过，与中国的很多事情一样，现实情况未必遵循传统的经济逻辑。从当地政府的角度看，这个新区的投资非常理性。在已经展示其推进城镇化能力的基础上，临沂的政府官员有理由相信，他们能够在2020年将自己雄心勃勃的计划变成现实。在城郊地带修建廉价的低层楼房以容纳进城务工人员，意义是不大的；在宜人的新城区投资建房，等着现有的城市居民搬迁入住，这才显得意义非凡。从全国范围看，对于新建住房的需求，一半都是来自现有的住房拥有者，因为他们需要不断地改善居住条件。临沂的住房改善者搬出老旧公寓楼之后，不那么有钱的居民，包括新增的进城务工人员，又可以搬迁入住。到那时，向这些投资项目贷款的国有银行便可以坐等收回贷款了。

郑州位于临沂以西，与其相距500公里，是中原地区最大的城市之一。郑州的新城区叫作“郑东新区”。因为规模宏大，地方政府须在建设之前取得北京的批准。与鄂尔多斯一样，郑州的官员们因其计划过于宏伟和耗资巨大而为人诟病。2003年，新区在115平方公里的范围内拉开建设的序幕，建设的项目包括 1 个商务中心区、多个省政府办公新区、1 个高速铁路枢纽站以及 15 所高校。据报道，投资总额已达 1 000 亿元。2010 年 12 月，美国一家名为商业知情人（Business Insider）的财经网站专题报道了郑东新区，还展示了康巴什以及其他中国“鬼城”的卫星图片。图片显示，郑东新区有数百栋空置的公寓楼和公共建筑，自此它便被喻为“中国最大的鬼城”。

美国哥伦比亚广播公司（CBS）的调查类新闻节目《60 分钟》，在 2013 年 3 月也做过一期被广为传看的节目。解说词说，该节目记录的是郑东新区“延绵数公里、数公里、数公里的空置公寓楼”。

欣喜的是，只有傻子才会完全相信电视画面。郑东新区既不是想象中的那么糟糕，也不是批评家所坚称的那样空寂无人。我们曾经重访这座“鬼城”。郑东新区现在已经显示出了蓬勃发展的势头。而在 2011 年，郑东的商务中心区确实空寂无人，直到当年夏季，那里还有许多建筑正处于施工阶段，但在四五年前就已建设到位的居民区里已经塞满了车辆和人群。簇新的公寓楼大都无人入住，此前将公寓楼一抢而空的投机客只能眼巴巴地四处寻找租客，但有了些年头的居民区已呈现出欣欣向荣的景象。两年之后，办公室投入使用，房子的价格节节攀升，道路的两边停满了小轿车和电动车。新区管委会发布的数据显示，郑东的人口数量已经超过 100 万，再加上 18 万大学生，它已经成为郑州市第二大的人口稠密城区，现已登记入住 23 000 家企业，其中包括 175 家金融机构。新建的地铁系统在 2013 年 12 月份开始营运之后，更多的家庭和公司可能会接踵而至。

这再次说明，并非所有批评都秉持公正。修建郑东新区的目的，是要给郑州——它可是拥有 9 400 万人口的大省的商业中心——提供现代基础设施，以便让它能够有效地向外扩张。郑州已经非常拥挤，全市人口有 1 100 万，其中 600 万居住在城市中心区。与康巴什不一样，郑东新区只是老城区的延伸，而且很快就有该市的第一条地铁线路把它们连接在一起。卫星图片上的公共建筑物看起来空空如也，但这不足为奇：很多建筑物都还没有投入使用。

对市政府而言，建设郑东新区完全是一场巨大的赌博，所依据的是未来人口会增长这一毫无疑问的假设前提，以及它自身具有主导性质的角色认知。尽管负面报道充斥各大媒体，但“建好房屋，让人上门”这一模式所显示出的全是成功的迹象。悬挂着大型国企标志的大楼里，成群结队的白领鱼贯而出，数千名政府工作人员纷纷搬进崭新的办公楼。政府不仅主持开发项目并提供资金，还安排人员入住。郑东确实存在问题：许多建筑物过于奢华，几近浪费，商务中心区的画廊和影剧院更是没有得到全部利用。但关于“鬼城”的说法确实不对。

昆明的情形大致相同，它也在老城区以南 20 公里的地方修建了新城区。在《金融时报》开展的一次关于中国投资泡沫的讨论中，“呈贡新区”因为被引作案例而名声大噪。但与康巴什、南坊和郑东有所不同，呈贡新区并非建于中国经济刺激计划出台的 2008 年至 2010 年间，这一时期的投资是大家共同批评的对象。昆明的总人口在 2000 年至 2010 年间增加了 150 万，这座富有地方特色的城市于是作出决定，要迎头赶上沿海地区的发达城市。2003 年时，省里的决策机构计划把它打造成现代化的城区，既有政府办公中心，也有教育中心和物流中心。如果这样的计划变成现实，呈贡新区到 2020 年时将能容纳 95 万人口。

政府官员和大学生是新城区的居民主体。市政府已经搬入豪华的办公大楼，九所高校也从老城区搬迁过来。从云南大学摄人心魄的新校区一路走下去，沿途居民区的商贩告诉我们，90% 的公寓楼都已经售出——一些卖给了投资者，而大多数卖给了高校教师。这里的价格比老城区便宜 1/3。整个地区正一点点地有了生机，餐馆和商店占据了商业区临街层的 30%。

与全中国数以千计的新投资项目一样，呈贡新区也存在明显的浪费现象。问题的关键在于这些“鬼城”会不会一直空置下去。城镇化的数据和做法都表明，一定会有很多机会让人来把它们填满。全国有数百个一度空置的新城区，北至北京西北的上地，南至武汉东南的东湖，现在都已经发展得繁华无比。中国的经济发展模式既依赖于廉价的融资，也依赖于政府的大手笔投资，而这些都是一种浪费。其制度中固有的懈怠感远多于西方国家，它惯于将效率和短期经济回报置于一切因素之上。

* * *

在所有关于中国模式如何运作的事例中，浦东最为典型。浦东这个曾经遭众人嫌弃的新城区，建设于黄浦江的芦苇滩上，是它为全国上下新城区的建设奠定了模式。2011 年时的康巴什（鄂尔多斯）、南坊（临沂）、郑东（郑州）和呈贡（昆明）所处的发展阶段与 1998

年时的浦东极其相似，当时前往参观的经济学家米尔顿·弗里德曼[③]给上海这个珠光宝气的新城区当头棒喝，称之为“国家为躺卧于金字塔中的死去法老修建的纪念碑”。因为新修建的豪华办公大厦的入住率仅为35%，所以浦东也算是20世纪90年代末期的“鬼城”。然而，仅过了10年时间，浦东的摩天大楼便全部投入使用，数百万居民从黄浦江对岸搬进了这里的新家。浦东给人们上了一堂关于耐心的课程：若要新城区变成富有生机的商业中心，一定要给它充裕的时间。

弗里德曼批评浦东“所展示的不是市场经济”。但实际上，浦东的设计者是技术专家而非商业开发者。不过，这正好为它创造了通往成功的平台：因为私人投资者面对他们的计划要么打退堂鼓，要么缩减计划，而信用良好的国有开发商则具有充分的耐心。这给了浦东足够的喘息空间，以经受第一波困难的考验，并看到随后几年才出现的胜利曙光。为了助这个过程一臂之力，上海市政府要求所有大型银行将总部搬入位于陆家嘴的新建商业区。那个时候，大家都不愿意去这个满是建筑工地的新城区上班，因为这里不光一毛不生，而且没有餐馆和绿化，但市政府没给大家留下选择的余地。十余年间，浦东的高楼大厦纷纷拔地而起，数百万居民已经搬入了一度荒寂的黄浦江东岸。

就现在来看，并不存在铁的规则，即凡修建的新城区都要像浦东

③　米尔顿·弗里德曼（Milton Friedman，1912—2006），美国经济学家，1976年诺贝尔经济学奖获得者。——译者

一样大获成功。毕竟，上海的优势十分明显，其他城市没办法与之相提并论。但几乎每一个城市都有快速增长的人口，这些人希望搬入更好的房子里居住。同时，很多城市也从上海的技术专家那里学到了一招半式。为了让楼房有人居住，上海要求所有银行必须迁入。郑州和昆明跟样学样。而从更小范围来说，鄂尔多斯和临沂也同样如此，率先把政府机关和大中小学搬了进去。这样做，就意味着数千政府官员、学生和老师给新城区带来了人气。这并不是政府在制造虚假的需求现象：从 2000 年至 2010 年，郑州和昆明的高校学生人数翻了四番，因此必须修建新的校园。光是郑东新区就能容纳 24 万高校师生。这种做法的理论依据可不是“建好城市有人来”，而是“建好城市叫人来”。

上海市北部边缘的大厂镇的经验表明，这样的策略也许可以奏效。90 年代末，上海大学在此投资 10 多亿元建设新校区，空荡荡的农田里耸立着白色的校舍。校外的路上看不见车辆，除了吃腻了的食堂，学生无处就餐。乘公交车进城须等上一个小时。破旧不堪的公交车严重倾斜，排气管不断地吐着黑烟。坐一趟车要整整耗去一个半小时，但学生们毫不在意，聚在一起没完没了地打扑克。

学校周边的区域一度荒凉破败，而现在已经发展成了绿树成荫、充满生机的郊区地带。校园周边原来空荡荡的农田现在开满了餐馆、咖啡厅、酒吧、面馆和冰淇淋店。此外还有一处电影院和卡拉 OK 厅、健身房、书店、网吧、沃尔玛超市和苏宁电器城等，一切应有尽有。当初为了安置失地农民而修建的简易民房如今还挺立在那里，但四周早已建满了上档次的居民小区，里面住着的是城郊中产阶级。“现在成了乐园。”一个毕业之后又回到这里的大学生说道。但在回忆10年前的校园生活时，他说那时简直是乏味透顶。

经济上的改观得益于诸多因素。大众消费时代的到来为私营企业的繁荣创造了条件，与之同步上升的房价和人口数量将更多的居民驱离城市的中心区域。之后，2009年，通往上海市中心的地铁线路投入运营，将入城时间缩短至30分钟。大厂镇得以改观的最后一个因素——时间，虽然不太具体直观，但同样重要。经历了整整10年时间，这个古老的小镇才变成现在这样充满生机的郊区。

它与郑东、呈贡十分相似。将高校搬入新城区，以保证有大量的居民并随之带动商业的进入。与上海大学一样，郑东和呈贡的24所高校也将拥有自己的地铁站。随着上述地区的发展，更多的居民将会从老城区搬迁至此。所以，尽管上述新城区看似过于自信和冒进，但当地的官员们知道，它不会永远空置下去。他们只需确保新城区有成千上万的居民入住，那么一切都会顺理成章，余下的就交由市场决定吧。

假以时日，郑州和昆明的官员都有可能证明，对他们持怀疑态度的人大错特错。郑东和呈贡依附于大型的省会城市，发展的基础不言而喻。这一点在临沂却体现得不太明显，它作为一个小城市，得不断努力才有可能为那些大量涌入却又缺乏现代技能的人群提供足够的就业机会。不过，人口压力倒是实实在在的，毕竟，城市新居民总要安家落户。中国的城镇化进程犹如一道难题，低效且浪费严重。但新城区和数百万套空置房也反映出，一个国家面对如此严峻的挑战，必须为数以亿计的人口解决居所问题，所以这些具有居住性质的开发项目总有一天会住满居民。包括北京、上海、广州、各省会城市和其他重要经济中心在内的大型城市同样会有这种结局。中国的一部分“鬼城”并没有看上去的那么可怕。

附 5.1
中国城市“鬼城”频现

过去几年间，对于中国城市过度建设和居住者不足的“鬼城”式发展的担忧，一直是新闻媒体和风险基金的主要话题。中央政府已经开始有所行动，但“鬼城”问题似乎正变得越来越严重。

国家改革和发展委员会最近进行的一项研究表明，12 个省份的 144 个城市正在计划修建超过 200 座新城。《人民日报》为此刊发过一篇措辞激烈的评论员文章：“‘空城’‘鬼城’，其实是缺乏经济效益的重复建设，造成了巨大的资源浪费，让地方政府背上沉重的债务包袱。”④

中国新一届领导人似乎要对各地的过度开发加以认真制约。不过，他们的主要目标很可能是各种问题更为严重的小城市。对各个小城市而言，过去两年间的形势已经变得愈发糟糕。在便捷信贷和贪大心理的驱使下，很多小型城市所盲从的发展模式与自身的城市规模严重不相适应。从我们后来的回访中可以肯定，小城市空置的

④ 见《人民日报》2013 年 8 月 28 日文章《造城虚火症该下猛药治了 ‘鬼城’让人忧虑》。——译者

开发项目将会继续如梦魇一般，了无声息地存在若干年。

在中国，形形色色的城市都采取了像上海浦东新区那样的发展模式，寄希望于快速的经济发展和人口增长，使自己的投入物有所值。在大型城市，采取这样的发展模式运作良好，显得合情合理：绝大多数空置的开发项目都在很短的时间内获得了较高的入住率。中国70个主要城市的房价持续上涨，几乎没有任何迹象能够说明供大于求。实际上，很多房子是作为投资而买下来的，而大家真正买得起的房子才存在供应短缺。有的投资者可能想方设法实现了自己想象中的获利，但相对贫困的家庭将被排斥在市场之外。不过，各主要城市房产市场崩盘的可能性几乎为零。

然而，小城市的需求看起来却有如鬼魅。过去十余年间，中国的218个地级城市所经历的建设速度，远超过70个主要城市，2008年经济刺激方案启动之后更是如此。这为地方政府打开了绿灯，使之能够批准经济价值尚不确定的各种开发项目，从而衍生出严重的供给过剩。人口增长的放缓使这一问题变得更为严重：2000年至2008年间，小城市每年新增居民1 200万，但在2008年至2012年的四年间，这一数字降到了400万。小城市的很多建筑工地一片死寂，但谁都不愿意取消自己那些雄心勃勃的开发计划。因此，从宏观数据上可以看出，小城市的“鬼城”问题比大城市更令人担忧。

我们重访曾于2010年去过的临沂市南坊新区。它曾经也是一座耀眼的新区。不过，比起同期探访的郑东新区，南坊新区的经济以及人口基础要薄弱得多。临沂有200万人口，是郑州的一半，但对于已经有了济南和青岛这两大城市的省份而言，其在经济方面的重要程度依然十分渺小。不过，市政府拥有雄心勃勃的城镇化目标，正在忙着把农民们从农田赶往郊区。

早在 2010 年，临沂市南坊新区便是一座典型的“鬼城”。三年之后，一些曾经空置的楼房住进了居民，六车道的马路也不再毫无用处，但南坊新区还远未达到住满的程度。很多地方仍旧显现出巨型工地的架势：哪怕目前已经空置了数千套公寓楼，一座座崭新的高楼大厦依然继续从地平线上冉冉升起。楼盘展示室的数量远多于商店，而餐馆和小卖部却寥寥无几，老城区那样的拥挤状态更是绝对没有。对那些相信中国的建设热潮基本依赖低息资金和虚假需求的人而言，这里的证据比比皆是。

当地的国有企业前来添砖加瓦，以优惠价格给自己的雇员提供新房。已经搬进豪华新办公大楼的市政府确保合作开发商能够拿到价格优惠的土地。然而，这种慷国家之慨的行为，能否让南坊新区的空置房充满人气尚未可知，在修楼热潮没有任何停止迹象的情况下尤其如此。当地经济能否支撑得住数万套空置房，没有人说得清楚。临沂的人口数量在过去 10 年间增加了 2 倍，但 2009 年之后增速已有所放缓。新区的很多居民都是从前的农民，他们几无积蓄，鲜有技能。一部分人在当地的工厂或者临沂那一个个“巨无霸”一般的批发市场找到了活儿干，其他人则只能靠政府提供的低保勉强度日。对这些人来说，每平方米均价六七千元的住房，没有几个人能够承担得起。

最让人担忧的是，南坊不只是临沂唯一的城市新区，全城周围的新建郊区先后涌现。临沂的确面临人口增长的压力，但规划者为此修建的楼房着实过多。以全部城市每年接纳超过 2 000 万人计算，中国确实需要新建大量的住宅。虽然中国目前的现代住宅（定义为附带独立卫生间和厨房）存量约为 1.8 亿套，但是城市家庭的数量约为 2.2 亿个。那意味着超过 1 亿人的居住条件还达不到标准。随着收入的增加，数千万人都会想着拥有自己的新家。主要的问题不只是大家能否买得起这样的住房，还在于这样的住房是否建在了合适的地方。拿临沂来说，可能二者皆无。

附 5.2
对“挖挖”说再见

过去 30 年间，中国的城市化进程一直建立在大规模的建设之上，很少顾及效率和成本。然而，曾在 2011 年至 2013 年间向城市基础设施主导投入超过 2 000 亿元的南京市市长被捕的事实表明，中国新一届领导人有可能正在郑重其事地传达一种减少浪费的城市发展模式。

季建业因为热衷于大搞破坏型建设项目，被人冠之以“季挖挖”的绰号，他被指控在与江苏这座省会城市有关的诸多基础设施建设项目中，收受 2 000 多万元的贿赂。但中央更大的目的在于遏制地方政府在开发项目上膨胀的胃口。据当地媒体报道，季建业的改建策略说一不二，如强迁民居，将民房进行不必要的拆毁等。过去几年中，南京市多条种着树木的狭窄道路被挖开，为新建的地铁、硕大的购物广场和运动场馆让路。铺设500公里长的排污水管，以疏通城市下水道，这一工程项目听起来前景可观，但少数当地人认为根本不需要耗费高达183亿元的资金。

多年以来，城市一直是地方官员手中的玩物，其中的回报得益于刺激经济增长而非提供公共产品。官员对于推动更多的开发项目有的是热情和动力，但对这样的开发既没有必要也缺乏规划的情况丝毫不管。此举的结果往往是道路闲置，工业园区空无一人，机场建得毫无必要，政府大楼修得无比排场。

2013年年底发布的《城镇化发展规划纲要》将会对以上的各种问题加以解决。设计中的方案将加快“城市群”的建设，以促进创新性工业中心的培育，防止基础设施的重复建设，并推进更加高效的城市化发展。北京已经着手治理污浊不堪的大气，这样的迹象表明，公众对于发展所带来的负效应的种种担忧再也不会无人问津。

为让这一信息深入人心，中国的领导人正在采取一系列严格措施。国内媒体最近报道，在一次自我批评活动中，河北省的一位官员坦承“过于关注经济的增长”。这一信息十分明确：不计成本，盲目追求经济增长的日子将一去不返。

北京的官员在2013年较多地谈到了“小城市的发展”，期待已久的“新型城镇化”很可能会取消临沂这一类小城市的户口限制，从理论上加快人口从乡村到城镇的流动速度。不过，政府无法强制进城务工人员流向就业机会缺乏的地方。相比之下，像上海和郑州这类繁华都市将会一如既往地吸引更多的进城务工人员。这意味着无论那些开发项目多么雄心勃勃，总有大把大把的机会让楼房住满居民。这些投资项目是否具有财政合理性，则属于另一方面的问题。不过，只要一个个城市新区最终能够住满居民，再差也只能算是不太理想，而不能说是一种灾难。

相较大城市，小城市的前景要黯淡得多。临沂和内蒙古戈壁沙漠中的“鬼城”鄂尔多斯，不像大城市那样面临人口压力。如果房产投资过剩的现象引发决策者重新考虑去加强小城市的发展，那才算是好消息。但就目前而言，小城市的很多“鬼城”式开发项目，到头来很可能跟它们的外表一样令人恐怖。

灰暗、丑陋、拥挤，中国的很多城市为什么那么难看?

鄂尔多斯、临沂、郑州和昆明都有一个共性：力图建设生活环境优越的新城区。这让参观中国城镇的大多数外国人迷惑不解。即便中国人口众多，尚处于中等发展水平，但为什么那么多的城市看上去如此难看？为什么看起来大同小异？

中国的城市普遍灰暗、丑陋、拥挤。道路和广场宽大得毫无意义，功能性的、方块形的建筑物包裹着水泥和肮脏的白色瓷砖。老城区已经被拆除，也许仅剩某座孤零零的宝塔，而重建过程榨干了它的历史积淀。公路拥堵，汽车肮脏，街道难行。人行道和公用路口挤满了私家车，车主因为行人和自行车挡住了去路而破口大骂。一句话，这样的城市怎么也算不上“宜居”。

中国的领导人不是没有意识到这一令人沮丧的现实。2007 年，时任住建部副部长的仇保兴对中国城市景观的单一性提出了批评。他谴责地方官员在城市化过程中急躁冒进，并对国家的建筑和文化遗产进行“无知的”破坏。有感于外形丑陋、单一的建筑物被随意地树立在古庙和老街之上，他如此批评中国现代城市主义中最令人沮丧之处：“千城一面。”

中国对于现代化的看法极其狭隘，缺乏人情味，不尊重历史。规划者打着“发展”和“文明”的旗号，将老旧住宅区一拆了之。除了少数特例，比如北京日渐减少的胡同小巷和上海的殖民建筑，中国的城市自 50 年代以来几乎全被翻建了一遍。建成不到 30 年的楼房占了一多半———一般为方形，六层楼，由砖块和水泥搭建而成。少数得以幸存的历史建筑物无一例外地被围上一道围墙与城市隔开，并被重新包装成仿古遗迹。一旦遭遇无情的重建，这些建筑物便再没有当初所具有的唤醒历史的吸引力了。

即便最受追捧的几个城市也面临着失去灵魂的危险。成都人对于这座城市的悠闲和宜居赞不绝口，但其实它也是一片灰暗，污染严重，汽车拥堵，跟中国其他大城市的丑陋毫无二致。有名的户外茶馆大多已经搬入毫无生气的购物中心，大街上的小吃摊也被清理干净。重庆在维持本地特色方面做得稍好，背街小巷仍然活跃着小吃摊，既出售麻辣小面，也制作其他鲜香美食。夜幕降临，本地人围坐在油汤翻滚的火锅四周，用泛着油光的筷子捞着嫩滑的豆腐块和麻辣猪血旺。不过，路边的火锅店被赶出了商业区，城市也不再像原来那样嘈杂无比。要不了多久，重庆的街道也会跟其他地方一样单调、乏味。

几乎每一个中国官员都能一口气说出他那个城市的恢宏历史。与此同时，他也会告诉你，他们在头一年完成了多少平方米的建设任务。

很多官员私底下乐于把自己的现代化城市与他们在其他亚洲古国、大国（如印度）所看到的破落贫民区进行有利于自己的比较。印度的城市也许不如中国的城市那样具有现代气息，但我们知道，每一个印度城市几乎都在文化遗产保护方面做了相当不错的努力。印度的城市和欧洲的城市一样，具有中国诸多城市格外缺乏的一种东西：特色。

* * *

中国的城市景观反映的是政府的独断专行。在毛泽东领导的时代，古城墙被推倒，并按照苏联路线予以重建。苏联的城市规划体系采用的是首要城市总体规划，以此建设出来的城市无比宏大。50年代，北京的旧城墙被视作万恶的封建制度的象征而被一拆了之。天安门前的广场被改造成了全世界最大的城市公共广场。具有历史意义的四合院被拆掉，以腾出地方修建宽达100米的街道。类似的拆毁和重建在全国上下比比皆是，只是规模稍小而已。

中国的城市还将继续受苏联式城市规划的影响，着眼于提高工业产值。地方政府修建起宽阔的道路、公共广场和住宅区，以便为工厂和工人提供容身之处，修建大学以训练工程技术人员。城市被视作巨型工厂或“生产者城市”，而非社交场所。城市的功能无所不包，却鲜有兴趣把它打造成适合居住的场所。这导致了城市规划的一致性，至今仍对中国城市的面貌起着决定性作用。

苏联城市设计理念的影响，是中国的城市看起来大同小异的原因之一。城市规划者仍旧有意无意地把北京作为样板。首都的权力美学在全国很多城市，尤其是地方政府主导的新兴建筑中体现得十分明显。无论参观什么样的城市，你总能发现豪华气派的政府办公大楼和依照北京模式建出来的宽阔林荫道。在昆明的卫星城市呈贡，一些非常普通的十字路口宽达 200 多米。在鄂尔多斯的新城区康巴什，中央公共广场的面积几乎和天安门广场一样大。全国上下，无论建房还是建城，均按照固定的模式修建和铺排，目的是要让人感到惊奇和叹服，而不是把它建设成为舒适的生活环境。

自上而下的城市规划自有其优势，它确保住房、桥梁和地铁都能得到建设。例如，杭州 2001 年至 2020 年的城市总体规划设想把所有的工矿企业搬出城区范围，建设 171 公里长的地铁系统，扩建机场，提高机场年旅客吞吐量达 3 000 万人次。如果政府官员说要修建什么，那么他们一定能够建成。“中国的城市和世界上其他地方的城市最显著的差异，在于他们搞建设的时候就已经预见到了发展。”来自伦敦的城市发展专家格雷格 · 克拉克（Greg Clark）说。他曾经给世界上很多大城市的市政府提出过建议：“在圣保罗和约翰内斯堡[⑤]这样的城市，社会和经济的发展领先于基础设施条件，后者总是想迎头赶上。中国的情形恰好相反。”通过修建领先于需求的基础设施，中国的城市规划者便有了主导城市发展的能力。乍看之下，中国如此众多的城市存在着住房和基础设施剩余的问题，可对于“鬼城”的担忧又常常不攻自破，这也是原因之一。

不过，自上而下的城市规划也有其局限。长期性的规划很可能无

⑤ 分别为巴西和南非的城市名。——译者

法预见快速发展中的现实乱象，从而导致规划错误。北京的三环路便是案例之一。规划者当初认为这条道路能够有效地成为绕城大动脉。90 年代初期，道路上车辆稀少，规划者于是借鉴美国早已过时的做法，将道路的入口和出口合二为一。然而，随着北京私家车的保有量从 1997 年时的 100 万辆增加至现在的 500 万辆，这些存在设计缺陷（更不要说危险）的道路连接点变成了主要的拥堵点。三环路的拥堵一直超过首都的任何一条主干道。

长期性的规划不可避免地千篇一律，而非让城市实现有机的发展。所有的市政府都要求制定 20 年发展规划，列出一般性发展目标、土地使用模式和交通规划等。这些设计都应该满足本地的各种需求，但一个城市的总规划与另一个城市的总规划往往看起来令人吃惊地相似。同时，城市规划者制定新城区发展规划时，必须遵循一些全国性的规划标准。例如，新建道路的宽度必须符合北京定下的规则。这样做的结果，必然是大大小小的新城区看起来如出一辙。

最具有破坏性的是，官员们具有明确的兴趣去推动城市发展，却根本不管这样的发展是否需要，或者规划如何失策，也很少有兴趣听取居民们的心声。这样做的结果是，各城市之间恶性竞争、过度投资、建设无节制，如多修道路，新建工业园区，修建未必需要的机场，把政府办公大楼建得十分排场。每一个城市都渴望成为北京的微缩版，而不是想着服务于本地的需求。

大型建设项目处于规划阶段时，几乎没有人征求住户们的意见。只有在开工建设甚至完工之后，公共监督才会介入，但此时已经无力回天。“只有通过媒体披露或者公众抗议，真相才能浮出水面。”中国城市规划设计研究院原城市规划师陈晓燕说，“至此，负面的社会影响和经济损失已经很难挽回。”

附 5.3

地铁王国

所有经济发达的大城市具有什么样的共性？它们都有覆盖范围广大的公共交通网络，往往都有高效的地铁系统。美国的例外最多，最明显的例子是洛杉矶。但是，美国的城市属于耗能型的汽车城市，中国的城市没有足够的空间支持这么多的汽车保有量。即便它们想方设法，其对环境的影响也会严重得超乎想象。

中国的城市别无选择，只能投资于大规模的快速交通系统。幸运的是，如果说中国还能做成一件事的话，那就是基础设施建设。中国已经有 18 套大规模的运输系统投入运营（主要是地铁，但也包括轻轨，以及上海的超快磁悬浮列车），轨道总里程已达 2 000 多公里。在建的项目，加上2012年至2017年要开工的项目，一共有18个，还有 23 个项目处于规划阶段。上海地铁以其 425 公里的长度超过伦敦地铁，从而成为世界上最长的地铁。北京地铁总里程为 372 公里，名列第三，排在纽约之前，但到 2020 年时，其轨道交通的长度将延伸至 1 000 公里。

这些数据看上去会让人误解，因为发达国家的大多数城市都有通勤铁路系统延伸至郊区。纽约地铁系统的真正长度应该包含 20 余条通勤铁路线，其总里程加在一起将远远超过地下轨道系统。随着城市的扩张，中国将不得不拿出更多的钱，以修建地上通勤铁路，因为这才是连接大型城区的唯一有效方式。此外，东京、莫斯科和首尔的地铁系统所承载的旅客人数也多于上海和北京。

不过，中国对于地铁的投资热情积极得异乎寻常。也有可喜的迹象表明，中国的城市开始让自身的发展围绕着公共交通枢纽来展开。例如，北京北郊大型的人口稠密住宅小区天通苑附近，就有三个地铁站。上海的高层建筑密度很大，这促使其经常升级地铁系统。在协调公共交通和经济发展的关系上，上海比北京做得更好。“在学习了香港和日本城市的经验之后，围绕‘地铁’站发展高层建筑的做法已经被地方政府广为接受。”同济大学的城市规划教授潘海啸说。但是，至今没有哪一个中国城市有效地沿用香港地铁的融资策略，授权在地铁站之上修建摩天大楼和商业区。香港地铁的经营公司 MTR 是一家上市公司，2011 年盈利近 20 亿美元。

要想说服有车的城市居民弃车不坐，或者根本就不要买车，必须迈出的第一步便是修建高效率的大规模运输系统。即便是在五年以前，也看不见富有的北京人乘坐地铁。这与伦敦和纽约之类的大城市形成鲜明的对照。——在这些城市，有时候会看到对冲基金经理与普通百姓同乘坐一列地铁。不过，随着路网的拓展，以及政府采取措施提高买车和用车的代价，这样的情况已经有所转变。汽车仍然是重要的身份象征，但经验表明，便捷比面子重要。

这一点很关键。因为，如果要减少城市里的汽车使用量，最大的障碍便是人们的思想观念。公用自行车租赁计划务必要战胜很多人的固有观念，即认为自行车是一种落后的交通方式，只属于中国贫穷的过去。北京骑自行车上班的人数比例从 1986 年的 2/3 下降到了 2010 年的仅 18%，而城市里 40% 的汽车行驶里程不超过 5 公里。很多情况下，骑自行车既方便又快捷，但很少有商人愿意被别人看见骑自行车（也许是出于对安全的考虑吧）。

这样的观念在一座城市正在发生变化，那就是杭州。杭州有 60 000 辆自行车，可以在遍布全城的 2 200 个租赁店进行租赁。杭州市政府宣称，每天有 25 万人使用那些简易的红色出租自行车，杭州成为全世界最大型的公用自行车租赁服务中心。租车人先用身份证办理公交卡，然后以刷卡的方式进行自行车的借用和归还。租车人可免费使用一个小时，第二个小时 1 元钱，三小时 3 元钱，之后每使用一小时加收 3 元钱。这些自行车的车轮和车筐都可登广告，在杭州很受欢迎。市政府计划到 2015 年时增加至 90 000 辆。

杭州设计自行车租赁系统的目的在于便利短途出行，并解决交通中“最后一公里”的问题。不过，即便最成熟、资金最充裕的公共交通系统，也无法将通勤人员接送至家门。公用自行车租赁计划对于设计周密的公共交通系统只是一种补充，而不是取代。中国的城市所面临的主要挑战是要建设大规模的公共运输系统，使之做到无缝对接，从而让人们把汽车停在家里，更方便地出行。

地方政府通常会花巨资在本辖区搞一些面子工程，而且往往会聘用国际规划团队、建筑师和咨询师。因为城市之间存在着竞争，所以如果某个城市有了大剧院、博物馆、主题公园或者摩天轮，那么其他城市也想拥有。每一个大城市都有出自外国设计师之手的耀眼建筑物，广州有颇受称赞的大剧院，北京有受人瞩目的中央电视台新总部。一个小城市或者小地区如果找到货真价实的大牌规划师，其结果可能具有积极意义，但也可能纵容了一些豪华方案和欺骗性质工程项目的产生，所起到的作用是助长了官员的自我意识，而没有服务于本地民众。

不过，奉行半个世纪深入骨髓的实用主义之后，追求设计的愿望本身就值得欢欣鼓舞。问题在于中国那些摄人心魄的新式建筑，一般都混杂在建筑垃圾的汪洋大海之中。在这个国家，每一年都必须为数百万新入城的居民解决住房需求，城市和规划者均背负着巨大的压力，要尽快并尽可能少花钱地修建起数百万套公寓楼。城市规划者要集中精力盯紧土地使用规划，而开发商则要不断地建出和全国其他地方一模一样的公寓楼。美学因素不在他们的优先考虑之列，尤其在这个国家，很多人早就对久已有之的丑陋习以为常。

中国越来越富裕，人们的审美水平越来越高，城市设计也将有所提高。不过，目前绝大多数城市居民更关心的是价格和舒适，而不是美学。现实问题是，一个国家的城市如果必须要容纳 10 亿人口，那么它的面容永远也不可能变得漂亮。

* * *

与建设具有吸引力的城市相比，建设一座对其居民无害的城市显得更加紧迫。在中国，城市的空气污染十分严重。几百座城市长期弥漫着灰蒙蒙的污浊空气，这些污浊的空气包裹着建筑物，使街道变成了一片灰色。修建漂亮的楼房，却没有人看得见，那么一点意义也没有。只有不足 20% 的中国城市符合世界卫生组织制定的二氧化硫和二氧化氮标准，几乎没有一个城市符合颗粒物含量标准。在干燥的北方城市，空气里夹杂着建筑粉尘，来自戈壁沙漠的沙尘漫天飞舞。在中国，城市排放的温室气体占到了全国总量的 75%，400 多个城市缺乏水源。

随着城镇人口增加至 10 亿，中国的城市将不得不进一步提高各种能源的利用率，并更加严格地执行环境保护制度。洁净城市更应该成为当地人关注的问题。中国已经是全世界最大的温室气体排放者，随着城镇化的推进，其温室气体排放量将会进一步增加。中国的经济模式依赖于重工业和制造业，这意味着它在此发展阶段的能源消耗量非常大。2010 年，人均二氧化碳排放量约为 6 吨，与法国相当。只要汽车保有量继续攀升，电力供应依旧以煤炭为主，那么中国的各个城市就需要不断努力，才能提高空气质量。中国也许是全世界最大的绿色技术制造者，但其 70% 的能源需求依旧由煤炭提供。

附 5.4

北京：城市富人，城市贫民

在中国，有钱的城里人习惯居住在城市的中心区。在过去的皇城北京里，这样的人聚居的豪华四合院坐落于古朴小巷，掩映在槐树丛中。不过现在很多有钱的中国人仍旧选择居住在城市的中心区域，而他们大多钟情于奢华公寓而非古旧院子。中国还没有经历过所谓的“炸面饼圈效应”，在美国的很多城市，这一效应十分常见，即有钱的专业人才集体搬到郊区居住，城市的中心区域反而出现空心现象。不过，中国的很多城市正在出现对别墅（指修建于安静林荫大道旁的豪华独体房屋）日益增加的需求。

在北京和上海，通往机场的道路两旁可以看见很多别墅，它们所处的位置使之远离城市的喧嚣。北京的别墅区主要集中在东北城郊的原天竺村。在这里，农村社区早已让位于低密度、有大门的住宅区，这里是本地富豪和外国人远离城市纷扰后的归隐地。每一个别墅社区都有自己的会所和贝雷帽方队，以彰显其无与伦比和难以企及的奢华。它们的名称，如“美林香槟小镇”、“莱蒙湖”、“优山美地”别墅群等，无不显示其异质特征。国有粮食企业联合体“中粮集团”的房产团队新开发的一个楼盘外面，一块巨幅广告牌宣告这里是全球精英的出入口：“巴黎时间、纽约时间、东京时间，来到祥云别墅，统统变成北京时间。”

最豪华的别墅区是“格拉斯小镇”。它坐落在温榆河的一条支流上，西距北京的商业中心区仅 20 公里。国有企业的老总以及名门之后在这里争先拿出令人瞠目的 6 000 万元，抢着购买依稀带有加州传教士建筑风格的、面积为 860 平方米的独栋别墅。营销者纷纷鼓吹这些三层楼的独栋别墅拥有中央庭院、大型花园、家庭影院、吧台和酒窖。最好的几套别墅能看见中心湖泊，鹅群的叫声响成一片。面积略小、价位稍低的别墅，每栋售价也接近 2 000 万元。

格拉斯小镇的花园浇灌用水来自北京唯一一条常年不会断流的河流。2006 年，北京市政府斥资 170 亿元，将温榆河的两岸打造成绿色保护带或者叫“生态走廊”。但在新种植的树林边上，尽管有标牌要求参观者“保护当地生态环境”，挖掘者却铲掉草地以修建高尔夫球场。河流的两岸已经有好几家高尔夫球场，尽管中央政府三令五申，坚称一定要取缔这些非法的，尤其是高耗水的发展项目。

北京的一部分区域已经成了富人的游乐场。娇生惯养的小孩子在唐人马球马术俱乐部练习骑马，或在美式餐馆喝着奶昔。然而，全市的收入差距在这种地方体现得也最为明显。北京国际学校（ISB）每年收费 3 万美元，但紧挨它的是一个外来务工人员聚居村，街道垃圾满地，衣着简陋的孩子在水沟里玩耍。仅仅几步之遥，便是北京国际学校美轮美奂的教学设施。这种标志北京社会分层巨大反差的场景让人印象深刻。

中央政府正致力于降低单位 GDP 的能源消耗。“在中国，不管你要参观的城市规模有多大，它们都要达到能源效率目标。我在全世界别的地方从来没看见过这个东西。”世界银行中蒙可持续发展部主任羿艾德（Ede Ijjasz）说。近 200 个中国城市制定有低碳或“生态城市”的目标。不过，从城市这个层面来看，往往是言论多于行动。所谓的“生态城市”，绝大多数不过是听起来非常生态罢了。对很多地方政府和开发商而言，用来描述某个城市或楼盘的“绿色”，不过是有用的品牌工具而已。即便某些城市投资于低碳建筑，或者花哨的垃圾处理计划，也都倾向于修建宽阔的道路和免费的停车场。与其浪费钱财修建众多耗资巨大、华而不实的生态城市，不如提升新建筑物的隔热性能。这一点，中国完全可以做到。

在调动人力资源来改善环境方面，中国已经做得非常不错。很多城市种植了大量的植被和灌木以阻挡沙尘，洁净空气。官方数据表明，中国各城市的“绿地”总面积已从1990年时的47.5万公顷增加至2010年时的200多万公顷。改变城市的边界线，对什么是“绿地”的界定就要更灵活一些，而看待以上数据的时候也可以多一份怀疑。估计没有几个城市居民会认可官方的数据：将近40%的城市区域都是绿色。同时，很多环保人士质疑种植那么多单一树种的效果，而且，很多小树根本长不到应有的高度。然而，还是有很多城市居民亲眼看到破旧的房屋被推倒，用以新建各类公园。中国的很多城市和10年前相比，其灰蒙蒙的程度已经大为降低。

绿化城市很重要，但终归还是有修修补补的性质。对中国而言，最为实际的办法是建设更多宜居、可持续发展的城市，限制汽车的使用，禁止城市的扩张，投资建设大规模的交通系统等。与摊得很开，并且依靠小轿车的城市相比，依赖公共交通的人口密集型城市具有更高的能效等级。好消息是，中国的城市正密集投资于地铁系统的建设。坏消息是，为了满足日渐增长的居住空间需求和急剧增加的汽车保有量，他们的城市向郊区的外扩过于迅猛。这一点至关重要，因为现在修建的城市的模样将会影响着人们在今后若干年的消费行为。

北京市因为经济发展严重依赖机动车且修建了五条环路，因此成为一个最佳案例，以证明缺乏环保持续性的城市是如何建成的。很少有城市的扩张像这座首都那样引人注目，其现有的城区面积比70年代扩大了六倍。90年代，市政府将汽车制造确立为支柱产业，但不同于上海的是，它没有限制汽车的保有量。随着城市的扩张和汽车保有量的增加，规划者对城区土地的使用围绕不断外扩的路网系统而进行。每新建一条环路，都会刺激城市往外扩张，而辐射状的扩张给连接城市中心区的通勤运输形成越来越多的压力。20年之后，这样做的结果非常明显：北京的交通更加拥挤，空气更加污浊；随着城市的外扩，其人口密度将会低于中国的其他大城市；居民出行，无论去往何处，都将不得不花费比全世界其他地方更长的时间。

高楼林立的城市所面临的最紧迫的问题之一，是具有足够的停车位，新开发的住房项目必须建设地下车库。但北京的老式居民区在设计的时候，根本没有考虑几百辆车的停放问题。人行道上停满了车，很多路段双行停车已经成为标准模式。孩子们难于找到户外活动场所：所有的公共场地都停着车辆。北京所面临的这一问题远甚于美国和西欧，并正在向全国的很多城市蔓延。曾经是经济增长的积极标志，而现在，首都激增的汽车保有量毫无疑问地降低了大家的生活质量。

随着城市居民越来越富有，他们开始希望呼吸到洁净的空气，并享受到更宜人的生活环境。在上海、杭州、北京（尽管这里有那么多缺陷）等富裕城市，这一呼声已慢慢显现。如果中国的城市想形成全球性的或者全国性的竞争力，那就不能仅仅依靠经济发展这一样东西去吸引和留住既有技术又有创造力的人才。如果希望中国的城市梦想继续保持完美无缺，那么城市的官员和规划者必须努力建设健康型城市，以使人们愿意生活于其间。那意味着要让污浊的空气变得洁净，投资于公共交通，限制城市扩张，尊重文化遗迹。同时还意味着，他们必须了解一点：过度规划会使城市的灵魂窒息。

附 5.5

杭州：有中国特色的保护

自 800 多年前成为南宋显赫的都城以来，杭州一直因其美丽而被人们赞誉有加。无数诗人因西湖美景而获得灵感，醉心于一排排摇曳的柳枝、装饰性的桥梁和古老的庙宇。然而，这对于当今的城市管理者来说，只意味着一样东西：旅游收入。

10 年以前，中国的游客很容易满足：他们所想要的，就是站在某个著名的景点边上照一张照片，最好这样的景点在政府公布的旅游名胜表上排名靠前。中国的重要旅游景点都有正式的排序，这种做法所遵从的（非正式）规则是，任何东西，无论是思想还是地点，都必须进行适当的量化和分类。杭州西湖不仅是国家旅游最高等级 5A 级风景名胜区，同时也是联合国教科文组织确定的世界遗产。这样的双重荣誉在全国的其他城市十分少见。

这也就意味着杭州不缺游客。不过，中国游客的要求越来越高。他们日渐富裕起来，走过的地方越来越多，他们不仅希望在风景区留下照片，还希望买上一两袋当地的土特产。慢慢地，他们也希望提供这类地方特产或服务的商店、酒吧、茶馆、餐厅等能够置身于“传统的”场景之中。去某地旅游的经历逐渐变得和旅游过程本身一样重要，即使这样的经历是置身于仿制场景而非真实场景之中。

杭州市政府早已深谙这样的观念变化，正在尽其所能地提供“古城”的旅游经历，重点便是对（经过重建的）旧鼓楼以东的古街和老建筑进行重建或翻修。10 年前，河坊街和中山路还保持原有的风貌，两旁是破旧的小院落。这些院落要么有着传统的灰瓦白墙，要么修建于20世纪民国初年，具有迷人的西式建筑风格。不过，这几条街道非常古旧，车辆穿行其间，传统景观被丑陋的现代建筑破坏殆尽。

2004年，市政府启动了“综合保护与有机更新项目”。政府派来的考古专家挖开道路，可追溯至南宋、元、明、清的一层层铺砖露了出来。更新的重点是尽可能地重建古镇的韵味，包括恢复古老的排水沟——这些东西以前都用石头和沥青遮盖起来。真正保留下来的古建筑并不多，很多东西完全是按照“修旧如旧”的风格重新建造的。外观得以原样保留的建筑物被掏去内容物，重新改建成现代化的商店。这样做的结果是虽然不免有些商品味，但显得更雅致、耐看。

而今，本地人和游客漫步在大街的人行道上，沿途是汩汩的溪流。一些精美的古建筑恢复了原有的大气，其中包括著名的中药铺“种德堂”。这个药铺的中间是一个开阔的庭院，建筑年代可追溯至1808年。疑难杂症患者纷纷前往这家古老的药铺，争相购买神奇的干燥灵芝药包——这些药包都被小心翼翼地储藏在油光透亮的抽屉内。

在上海，很多西式建筑也被修饰一新，安然矗立在旧公共租界中心区的外滩边上，尽管里面开设着麦当劳或者哈根达斯。上海对传统的“石库门”房子进行复建并大获成功。由此可见，市政府将旧建筑改建比将其拆除更能获利。于是，杭州把上海当成了榜样。自傲的外国人总是喜欢抱怨上海的餐饮、购物一条街“新天地”，说那里的传统风味太造作，完全是迪斯尼版的老上海。不过，在一个至今还很少有人看重自己传统建筑的国度，上海的做法开了先河，具有重要意义。

现在，中国已经有好几个城市借鉴这一理念，对充满魅力但显得破旧的老民居进行改建。他们的责任主要是重建，也就是拆掉重盖，而不是真正意义上的复建。北京对于天安门广场以南的前门地区的开发就是一个例子。翻建后的大街比原来拥堵破旧的街道有了相当的改善。而西南地区的昆明所做的一项工作则更为慎重，它正在对市中心一片带有木制百叶窗的老房子和旧庭院进行改建。这一片区原本是一个喧闹的花鸟市场，但屋顶长出的一丛丛杂草使这些老屋摇摇欲坠。当地政府希望，这个片区将来会变成昆明的新天地。

批评声不绝于耳，说地方的重建工程甘冒风险，有可能毁掉历史遗迹。这些古迹包含着诸多片断式的信息，历经现代城市建设而幸免于难。然而，要是没有这些片断式的信息，这些古迹也许早就被一拆了之了。随着越来越多的游客要求在城市里体验“传统”，中国古建筑的重建工作必须转向真正的复建和保护。任何尊重文化遗产和保持本地城市特色的努力都应该提倡和鼓励。

附 5.6

天津：焕然一新

过去，一出天津火车站便要经历一番沮丧和泄气，就好像走进了英格兰东北部灰暗的港口城市米德尔斯布勒，或者美国康涅狄格州破败的布里奇波特市，甚至只会更糟。然而，多亏了一项重大的城市改造项目，使这一切都变了样。马达轰鸣的三轮出租车和扯着游客衣袖的旅店拉客者统统消失了。取而代之的大型广场一直延伸到河边的木栈道，栈道的两旁排列着景观公园和殖民建筑。悄悄告诉你，这座中国第四大城市已经变得十分漂亮。

天津原是一个通商口岸，欧洲和日本先后在这里建立了许多设施齐全的租借地，给这座城市留下了潜在的旅游资源。不过，直到21世纪头10年，那些精美的殖民建筑依旧不为人知，仿佛在竭力忘记其过去的耻辱。天津因为包子、麻花和相声而闻名全国。但是，很少有人愿意参观这座灰暗、污染严重的大城市。

天津过去几年的改造工作十分出色，改造重点是穿城而过的海河。市政府改造了沿河分布的精美西式建筑物，并用老式殖民大厦的复制品取代了外表丑陋的建筑。现在，游客坐着敞篷游船，慢慢地划过新建的漂亮的“老”楼房，其紫红色的屋顶在阳光下十分夺目。游客一出火车站，就可以步行跨过1927年建造的钢结构解放桥，进入到新建的流光溢彩的环球金融中心。该中心高达337米，超过欧洲任何一座建筑物的高度。

顺着河边走过去，便是重建的前意大利租借地，卵石广场上摆放着桌子，很多人正围坐着享受户外午餐。而迷恋英式殖民建筑的粉丝可以倒退150年，到翻建一新的天津利顺德大饭店里去。美国前总统赫伯特·胡佛在中国做采矿工程师期间，曾是这里的常客。来自首都的游客大多乘坐高速城际列车（每10分钟发车一趟），只要半个小时就能走完115公里的旅程。

早在10年以前，天津就已经算是现代化城市了：面积大、丑陋无比、缺乏魅力。这座城市的大多数地方现在仍旧没有魅力，但天津市政府应该受到大力表扬，因为它阻止了这座城市的没落，改建了被人们遗忘已久的殖民区，把一座城市变成了充满生机的旅游目的地。不过，需要改变的东西还有很多。时尚、前卫的瑞吉酒店位于河岸步道边上，距环球金融中心只有几步之遥。可就在酒店的外面，两个老头儿站在人行道上，拉开裤裆的拉链，旁若无人地当街小便。天津已经焕然一新，但依旧留有陈旧的粗糙轮廓。

附 5.7

郑州：美女与野兽

在位于郑州商业中心区的二七广场，带着黄色头盔的建筑工人正在建设郑州的第一条地铁线路。他们在路上挖出的大洞里进进出出，洞口横七竖八地支撑着钢筋柱子和混凝土。工期十分紧迫的一号线于 2013 年 12 月正式运营。这座城市的常住人口已接近 600 万，居住在农村地区和卫星城镇的人口还有 500 多万。与中国其他的大城市一样，郑州的道路几近瘫痪，空气严重污染。“每天都会发生严重的交通事故，从来看不见蓝天。”已在这座城市生活了相当时日的退伍兵孙卫斌叹息道。

乍看之下，郑州没有什么东西可推荐。即便按照中国的城市标准，作为河南省省会的这座城市，也是风沙漫天、混乱拥挤，毫无可爱之处。它被人口和车辆压得喘不过气来，危险的电动车在人行道上呼呼驶过。不过，和中国的很多城市一样，郑州也有很多靠眼睛看不见的东西。一离开主干道，生活节奏顿时慢了下来：老太太坐在街边玩纸牌，老头光着膀子在傍晚的余热里拉家常。街上到处是菜摊、修理店以及简陋而肮脏的小餐馆。这一片区很贫困，却有一种生机和邻里之间的融洽氛围，而这在全市陆续涌现出来的大同小异的公寓楼小区里是很难找到的。

夏天的夜晚，当地人吃过晚饭之后，便纷纷来到大街上。这时的郑州又多了一种参差不齐的魅力。或老或幼的市民全然不顾空气中雾霭弥漫，依旧沿着金水河的堤岸闲庭信步。实际上，这条河颜色发黑，宛如用水泥砌的大粪坑。中国人却不以为意。家庭主妇停下脚步，在一张张临时支起的按摩床上躺下来，接受非职业按摩师的背部按摩。孩子们在充气城堡里上蹿下跳，或者向空中弹射塑料发光环。情侣们手拉着手在黑暗的角落喃喃低语，不时发出咯咯的笑声。退休职工聚集在公园里，大声唱着年轻时代的革命歌曲，歌曲颂扬的是已故领袖毛泽东。

因此，郑州给人的第一印象很容易误导人。王师傅是本地的出租车司机，小平头，看起来有点儿凶悍。他的前臂上满是刺青，胳膊黝黑如同黄河滩的淤泥，粗大如茁壮成长的树干。手指粗短有力，手掌结实，肌肉鼓突，仿佛一下就能砸破小孩子的头盖骨。他的下巴有一道很粗的疤痕，仿佛曾有人要割断他的喉咙。然而，王师傅的笑容却十分温和。细看那些恐怖的刺青图案，竟然是一句儒家名言："孝悌"。同郑州一样，王师傅外表冷酷，但本性善良。

第六章

◆

十亿钱袋

——中国新兴城民之买与不买

◆

CHINA'S URBAN BILLION

The Story behind the Biggest Migration
in Human History

广袤的华北平原干燥多尘。冬季，一望无际的庄稼地变成灰褐色，显得了无生机。电线塔顺着平淡无奇的大地依次排列，间或经过一两个小村子。出于实用的考虑，人们群居的村庄排成了方形。这样的地方似乎无助于人们理解中国的城镇消费，而实际上，这种地方却是最好的出发点。

大张山是一个很普通的村子，它位于河北省的南部边缘，离河南和山东都很近，沿着一条空荡荡的高速公路开上三个小时就可以到达北京市。这个村子有 2 000 人，几乎全是棉农，居住在砖砌的院子里。整个村子只有一条路进出，2008 年首次完成混凝土浇筑。春播季节，劲风刮过平原，将刚翻犁出来的表层细土狠狠地扬起来。村民头上裹着毛巾以遮挡沙粒，但徒劳无益。从 11 月到次年 3 月，农民停下手中的农活，猫在家里打麻将，或寻找其他更好的取暖方式。

传统上，中国的数亿农民一直过着仅够糊口的生活。他们种什么吃什么，几乎没有其他经济收入。但在近十余年间，这种情况开始有了变化。20 世纪 90 年代，在江泽民和朱镕基的领导下，政府颁布的各项政策几乎无一例外地集中于城市。城镇收入迅速增加，城乡之间的差距越拉越大。不过，他们的继任者胡锦涛和温家宝在农村政策上做得要更好一些。中国取消了长期以来的农业税，并将社会保障网络延伸至农村地区。随着农民收入的增加，数亿农村家庭具有了购买电视机、洗衣机和电冰箱的能力。这使得前景明朗起来，中国有为数众多的农村人口——相当于美国和西欧所有国家的人口总和，完全有可能形成巨大的消费市场。有数篇报道甚至宣称，农村的消费时代已经到来。

参观大张山之后才知道，这里的户均年收入与全国农村地区的平均消费水平相当。由此可见，任何关于农村消费时代来临的报道都显得滑稽。的确，农民的生活水平在近几年得到了较大的提高，农村家庭过的也不再是纯粹的温饱型生活。但农民还远未成为上海的营销老总们所期待的现代消费者，更别提纽约或东京的营销老总了。他们既没有这样的收入，也没有这样的机会。城镇家庭的消费增长一直并将继续高于农村的消费增长，城镇居民的消费能力是农村居民的4倍多。2010年，农村居民人均支出仅4 000余元，其中一半用于购买食品和服装等生活必需品。现实情况是，农民的收入水平非常低下，而他们的消费水平同样如此。

大张山的春交会使整个村庄变成了热闹的市场，而它也是了解村民消费态度的极佳参照。在农民忙完田间地头的农活，孩子们放学归来后，当地的小贩便支起小摊卖食物、玩具、服装和居家用品。村子里有一间供奉大慈大悲观世音菩萨的小庙，老人们在神龛前点起香烛，叩头作揖，伴随着咔嗒作响的法器发出的刺耳声念着经。小伙子们沿着热闹的街道一边溜达，一边打量着摊上的物品。一个路边摊的生意很是红火，卖的商品十分便宜，有塑料杯子、儿童书籍、刀子、插座、螺丝刀、钢精锅等。有的摊档出售衬衣、汗衫、鞋子。水果摊卖的是难得一见的草莓、香蕉、菠萝等。孩子们舔着冰淇淋，缠着父母给买劣质的塑料玩具。

中国农村的非正式消费不过如此而已。一旦小贩撤摊，生活又恢复了正常，日常消费也维持在最低的水平。村民们说，他们的开销比以前多了，主要用于购买食品和饮料。不过，吃的大多还是自家种的粮食蔬菜。一般来说，早饭和晚饭比较简单，有小米粥，也许外加一点炒菜或者馒头。午饭是一天的主餐，可能有猪肉和汤面。“想起上个世纪60年代，我们过春节连买肉的钱都没有。”饱经风霜、还算英俊的李红旗说，“而现在，我们差不多天天都有肉吃！”他微笑着喝下一口白酒。隆冬时节，村民们除了单一的传统腌菜，还能吃到从南方运来的新鲜蔬菜。

大张山有两家商店。一家出售简单的家庭用品：热水瓶、塑料碗、洗发水、毛巾等。另一家出售廉价的罐装食品和饮料，如火腿肠、糖果、奶粉和瓶装白酒等。到了晚上，后一家商店兼作餐馆。在那里，就着寡淡无味的本地啤酒吃一顿饭，仅花费10块钱左右。外面的街上，本地商贩开着小货车，车厢里摆放着用于出售的新鲜蔬菜，也有本村的养猪户把猪肉砍成块，挂在铁钩上售卖。大张山的大多数家庭都有一部便宜手机，中国移动在村子里开设了服务中心。不过，其他东西在村子里很难买到。风沙肆虐的南宫市在15公里之外，要去一趟很不容易。有车的家庭不多，因此很少有人离开村子外出。

李红旗的家里未经装修，这说明普通的农村家庭还要走很长一段路，才能成为城镇居民那样的消费者。他家的院子砌有高高的围墙，这样可以阻挡春天的风沙，屋里的地面铺着粗劣的砖块，几面墙壁都用夯土筑成。“水泥当然好一些，它不起皮不掉灰，但那要多花钱。”

他解释说。角落里的旧电视机屏幕正闪烁着，照亮屋子的是一根日光灯管。一张小木桌、两把椅子、一张旧沙发、一个柜子和一张带有高脚凳的破旧折叠床就是全部的家具。家里唯一的装饰物是超市免费赠送的一张日历，上面印制着中国的战斗机。与村子里的其他人家一样，他家所用的水取自院子。门外的一垛墙后有一个隐蔽的土坑，那就是厕所。

中央政府已出台多项计划，意在刺激农村消费。2008 年，决策者制定了一项针对农村地区的政策，购买家用电器可获得 13% 的价格优惠，以期待农村家家户户都能用上亮闪闪的 DVD 播放机、电冰箱和空调。在附近城镇的指定商场里，大张山的居民只要出示红色的户口本，就能以优惠价格购买三样物品。这一政策在 2011 年结束。尽管政府声称大获成功，但大张山的村民很少去捡这样的便宜。“我们家已经有了电视机和洗衣机，只有用坏了才买新的。”李红旗的哥哥说道。这样的说法反映了一种普遍的情绪。大张山以及邻近的村庄只有接近一半的家庭拥有电冰箱，空调更是形同奢侈品，很少有人购买使用。“如果没有需要，农民们就不会购买。”南宫市一个家电卖场的店员说道。

大多数农民只有在经济条件充裕的情况下才会花钱消费。2009 年，决策者推出第二轮优惠计划。这一次把优惠范围扩大到了廉价的小型车辆。计划实施前，大张山基本上没有非农用车。但到了 2010 年的春季，村里已经有了八辆哈飞小货车（每一辆的售价在 4 万元上下）和两辆二手轿车，分别是大众桑塔纳和廉价的国产夏利。对一心指望脱离辛苦农活的农村小商贩来说，小货车和小轿车便是他们的运输工具。那一年，周边村民大多骑着自行车或者摩托车来大张山的春交会凑热闹。不过也有少量的亲戚朋友开来了廉价的国产车，其中就有比亚迪，其英文名称 BYD 来自“成就你的梦想”这个英文句子的首字母。村子里最常见的机动交通工具是摩托车和拖拉机，但低端车和小货车在农村市场正逐渐增多。

同中国绝大多数农村地区一样，大张山依然很贫困。随着收入的增加，村民们吃得越来越好，生活条件改善了不少，日子也过得舒心了许多。中国农村地区的人口基数庞大，每个家庭的消费哪怕只有极其细微的增长，加起来都十分可观。对低档汽车、家用电器和廉价家庭日用品的制造商，尤其是包装食品和日常洗漱用品生产商来说，如“宝洁”和“联合利华”，农村市场不再是无底洞。不过，提高农村的消费能力并不意味着中国的 6.5 亿农村居民马上就能成为真正的消费者。目前如此的消费水平还要走上很长一段路才能对国内大品牌产生刺激，更不要说对等待下一轮市场腾飞的国外零售商了。

尽管各方都说中国的农村市场在不断发展，但实际上，目前农村的收入水平还不够高，无法对国内的消费产生刺激作用。同时，农村人口在逐渐减少，这也意味着，随着时间的推移，农村消费者在全国市场份额中的重要性将越来越低。未来 10 年间，中国消费市场的增长将主要来自城镇地区，而不会来自中国的 70 万个村庄。在中国的城镇，人们的收入水平更高，消费的机会也会更多。未来几十年间，中国的数亿农村居民将会成为消费者——但这只有当他们离开农田，过上城市生活之后才会实现。要想让消费成为拉动中国经济增长的真正引擎，中国务必要紧盯城市。

* * *

外国商人觊觎中国消费者潜在的消费能力已经有200多年的历史了。19世纪，英国商人曾说："哪怕给每个中国人的衬衫下摆多加1英寸，曼彻斯特的棉纺厂都要忙活好一阵子。"当中国的宫廷拒绝对洋货和来自印度的违禁品鸦片开放市场时，英国竟付诸武力。

现在，中国已是洋品牌和国产货的海洋，其零售市场正在不断壮大。不过，关于中国经济发展的模式，批评家认为，消费在驱动经济增长方面所起的作用十分微小。他们还认为，中国的经济过于依赖建筑业，人们的消费严重不足。投资对GDP的贡献份额已经从2000年时的35%增加至2010年时的49%，而家庭消费的贡献份额则从原本就微不足道的46%降至仅有的34%。没有哪一个国家的投资在经济增长中占据如此高的份额而消费占据的份额却如此之低，即便经济腾飞历程与中国极为相似的韩国也不会如此。中国的投资拉动型经济发展模式，被普遍认为既浪费又不具有可持续性。

这不仅是国内的问题。有些分析家指责中国的经济模式，说它依赖于人为维持的低利率水准，由此助长了全球的经济失衡现象。便宜的贷款让中国的工业机器呼呼运转，但过低的存款利率也阻止了每个家庭的消费。过去10年间的多数时间，真正的存款利息实际为负数：家庭存款的利息收入低于通货膨胀率。对家庭而言，这意味着他们要积攒更多的现金，以支付教育、医疗和退休的花费，由此减少了日常的消费。不过，中国存款过剩所带来的后果在其他国家也有所体现，尤其在美国和欧洲的部分国家表现明显。与中国的消费不足相反，这些国家的消费者超额消费。从这一点来看，中国加剧了全球的经济疲软，应该受到批评。

说中国国内的经济抑制在加剧全球金融危机方面所起的作用巨大，会很容易引发争论。不过，很少有分析家（中国自己的决策者就更不用说了）不认可经济需要“再平衡”的观点。在 2012 年 3 月的全国人大会议上，温家宝提到，中国的投资主导型增长模式“不平衡、不协调、不可持续”。

要让中国的经济处于更稳定的龙骨之上，很显然，城镇化是可以解决部分问题的。哪怕进城务工人员再贫困，他们所获得的收入也远大于普通农民，这意味着他们有更强的消费能力。与农村生活相比，城市生活鼓励并要求有更多的绝对消费。城市居民必须为所消费的食品、水、电和交通付钱，城市生活也提供了更多的机会以购买商品和服务。相比之下，农村很少有商店，离得最近的县城也许在一小时的车程之外，所行驶的道路还是崎岖不平的乡间小道。从环保的角度来说，将数百万农民转为城市消费者，听起来像是眼前的一场噩梦。但从经济的角度来讲，中国需要把经济增长的责任更多地转向培养更大的内需。加快城市化进程在经济方面会带来益处，现任总理李克强高度支持这一观点。中国的领导人相信，必须首先理清乱局。

从经济学的观点来说，这种观点有很多可取之处，但不能把城镇化当成包治百病的灵丹妙药。首先，将更多农民搬离土地这一过程不会立刻扭转投资和消费之间的不平衡。原因在于，城镇家庭存款更多，而消费在其收入中所占的比例远低于仅解决了温饱问题的农民。随着越来越多的农村家庭迁入城镇，消费将快速增长。当然，存款也会随之增长。中国储蓄制度的目的是要将资金汇集到工业投资，这便意味着消费在整个国家的收入中所占的比重不太可能有实质性的增加，甚至有可能降低。实际上，这正是过去10年间已出现过的情形。

更多的投资未必就是坏事。在快速城镇化的国家，需要把家庭存款引向住房、道路和桥梁的建设上。将大量的资金投向城市，是大规模人口流动中一个不太引人关注的问题；然而缺了它，中国的城市就要崩溃，城镇化进程就要失败。只要继续快速推进城市化，投资在中国经济体系中就会继续发挥强劲的作用。这意味着，未来10年到15年间，中国国内经济的再平衡过程只能缓慢推进。任何关于中国的经济模式可在一夜之间转为以消费为主导的说法都是痴人说梦。

其次，也是最重要的一点，城市人口的增长并不会立即形成一个新兴的消费阶层。城市人口的增长主要来自低收入的进城务工人员，他们很少有钱用于消费，并且几乎没有个人消费的任何经历。仅仅让农民住进公寓，还无法让他们成为具有经济学意义的消费者。相反，如果决策者不把社会保障网络延伸至进城务工人员身上，不让他们融入城市经济体系之中，那么，更大规模的城市化只会产生一个巨大的城市低级阶层。

因此，为了带动城市消费，中国政府需要在三个方面采取行动。第一，让农村进城务工人员成为真正的城市居民。第二，制定政策增加他们的家庭收入。第三，降低城镇家庭的高存款动机。最后一点有两方面的内容：提供更坚实的社会保障体系，增加存款家庭的经济回报，以使城市家庭有更多的余钱用于消费。只有推行更具有社会包容性的城镇化进程，并让人们的钱袋子鼓起来，中国才能逐步做到消费大于投资。

令人鼓舞的是，越来越多的迹象表明，中国的领导人认同这样的分析。在户口制度执行 50 多年之后，中国终于谨慎地出现了改革的动向，由农而城的迁移过程也正在加快脚步。越来越明晰的土地权利让越来越多的农民可以将土地用于出租。虽然这一系列的变化都处于零敲碎打的阶段，最为大胆的计划也仅限于成都和重庆这两个试点项目。不过，全国的省级和市级政府正积极践行城镇化的目标，更多的决策者已经敲响了进一步加快城镇化进程的锣鼓。胡锦涛的经济顾问柳河（音译）估计，城镇化比例每增加 1 个百分点，可以给 GDP 带来 0.4 个百分点的增长率。

不过，迄今为止，中国仍未能完全抓住将数亿农民搬离土地所带来的潜在经济价值。诚然，生产力的收益巨大。用经济学家那些令人生厌的术语来说，进城务工人员在城市里无论是从事加工塑料模具还是扫地，其所创造的“价值”都远高于种植庄稼。然而，这些进厂做工或者从事服务业的新人绝大多数都还没有成为真正的消费者。进城务工人员的家庭年收入一般只有 2 万元至 5 万元，他们根本没有足够的余钱用于消费。70% 的进城务工人员家庭目前每个月的花费在 500 元至 2 000 元之间，其中一半花在了食品上面。一般说来，进城务工人员的家庭收入只有城市家庭的 2/3，因此他们属于 20% 的城市低收入者。

进城务工人员家庭的实际可支配收入比统计数据所显示的还要少，因为他们很少能够享受城镇社会保障。面对疾病和失业，他们没有或者少有经济保护，因此就得把一半的收入积攒起来。尽管目前的户籍登记制度已经不再像以往那样具有社会划分功能，但没有本地户口还是意味着，绝大多数进城务工人员不可能成为完完全全的城市居民。大多数进城务工人员脱离于城市社会，过着自给自足的生活。他们可能生活在城市里，但还是像农村人那样消费，或根本不消费。评论家把这种现象称为“未完全城市化”，它意味着中国有1/3的城市人口被排除在城市消费经济体系之外。只要进城务工人员无法享受退休待遇、医疗保险、优惠住房和子女入学，他们就宁愿攒钱而不消费。

从另一个方面来看，更具有包容性的城镇化方式可以释放出一波很大的消费需求：不仅要消费商品，对于城镇基础设施和住房也会产生需求。“城市的建设目前没有把外来人员对于公共基础设施的需求考虑进去，外来人员自己也就不可能像城市居民那样敢于消费。”中国社会科学院人口与劳动经济研究所的蔡昉主任说，“因此，无论是个人消费还是公共消费，它们本可以成为资源，尤其可以刺激服务领域的经济增长，却一直被压抑着。只有废除户口制度，让外来人员合法地变成城镇居民，我们才能使城镇化最大限度地成为经济增长的引擎。”中国住建部于2011年做过一项调查，如果外来人员本属不高的消费水平再提升50%用于购买非食品和住房项目，那么，零售业的销售额将会增长2个百分点。

如果外来务工人员完全成了城镇居民，我们有充分的理由相信，他们的消费能力将会逐步提升。与其前辈相比，80后、90后的新一代进城务工人员更有可能成为消费群体。他们受过更好的教育，很多人认为自己的未来在城市。蔡昉承认，外来务工人员的收入可能不如城市居民，但他们比城市居民具有更多的边际消费倾向。通过亚洲其他新兴市场的经验，并结合中国自身的消费习惯数据可以看出，一旦户均年度可支配收入达到 70 000 元左右，消费水平将获得快速的增长。如果收入再增加 1/3 左右，进城务工人员家庭就可以越过这个门槛了。

可喜的是，让外来人员钱袋子鼓起来，这一状况已经初现端倪，即便户口制度改革方面尚未出现实质性的进步。过去 20 多年的大多数时间内，进城务工人员的工资增长与总体经济形势并不同步，年轻务工人员不断地涌入劳务市场，雇主把工资压得很低。不过，人口数据的变化意味着，这样的情形将获得逆转。中国社会科学院的经济学家们预计，进入劳动力市场的劳动者数量的增长将在 2015 年时降至零水平，之后则会出现萎缩。从 2010 年到 2022 年，进入劳动力市场的青壮年劳动力预计将会减少近 1/3，这迫使企业向获得准入资格的劳动者支付更高的报酬。从理论上说，这样的薪水压力将会传递至整个外来务工人员就业队伍，由此推高外来务工人员的工资收入和消费能力。

中国的若干城市不断地大幅提高最低工资水平就是证据，这说明中国的劳动力市场已经开始收紧。这意味着外来务工人员将越来越有资格用脚投票，并迫使雇主给他们提供更好的劳动条件。令人鼓舞的是，香港一家非政府组织 2011 年发表的一份报告颇具说服力地指出，当前，外来务工人员实际上比雇主拥有更多的优势。该报告列举了诸多案例，以说明更有组织性的劳工运动和集体工资协商制度自 2009 年以来已经推高了用工成本。

2010年两个最著名的案例均来自华南制造业的心脏地区——广东省。台湾人开办的富士康电子公司，其最大的深圳工厂连续发生多起自杀事件。媒体由此指责富士康公司对员工存在虐待现象。这样的报道或许有失公允：富士康是一艘纪律性很强的大船，其生产条件远比由奸商经办的无数小型作坊优越。然而，由于雇员骚乱和批评性的报道，富士康被迫将流水线工人的月基本工资增加一倍至2 000多元。继富士康的抗议活动之后，位于广州南郊工业城佛山的本田汽车配件厂也发生了数次让人心力交瘁的示威活动。本田作出回应，将工资水平提高25%。

该报告指出："政府和雇主都应该注意到，过去20年来的标准商业模式，即管理层单方面制定针对雇员的工资和劳动条件的做法，不可能再持续下去。"这样的结论得到了工资数据的支持：员工的实际工资整体都有了提高。最能代表外来务工人员工资的数据——农村家庭调查中的工资要素——在2011年的通胀后，增长率为15%左右。这一数据包含了生活在乡下的农民所获得的非农业收入，但在很大程度上也反映了在工厂或者建筑工地务工的进城务工人员的工资状况。关键是，政府的政策对于这样的转变没有阻止，反而有所加强。几乎每一个省市都在2010年提高了最低工资标准，平均增幅为23%。2011年，属于外来务工人员用工大户的北京和广州再次提高了最低工资标准，这标志着朝年度工资调整的方向迈出了一步。2012年年初，在更多媒体作了不利报道之后，富士康再次把120万中国大陆地区工人的工资提高了16%到25%。

中国政府并不乐见劳工罢工这样的社会动荡，但似乎也不反对工厂的工人通过努力来取得更高的收入。2010 年 5 月，人力资源和社会保障部发布公告，要求设有工会的各类企业在 2012 年年底前必须引入集体合同制度。这样的规章认可了一个事实，80 后的新一代进城务工人员现在已经是劳动力队伍的主力军。跟第一代相比，他们受过更好的教育，对低工资和恶劣的工作条件更不愿忍受，更倾向于采取集体行动。不管怎样，最低工资标准往往滞后于市场工资，因此集体协商制度基本上能保证工资得到提高。进城务工人员拿到更多的工资，与政府关于增加家庭收入和建设公平社会的政策高度吻合。

中国的人口数据正在不断变化，这意味着工厂必须继续提高工人的待遇。这对目前制造业的约 9 000 万进城务工人员来说是一个好消息。但中国未来 20 年内新增的岗位多来自于服务业，而不再是制造业。金融危机之后，全球对于物质商品的需求已经大为降低，不断推高的用工成本也意味着，一些低端产品的制造将不可避免地转移至其他国家。提高服务业在 GDP 中的贡献度（2011 年只占 43%，远低于韩国的 58% 和日本的 75%）将是中国政府的一项长期性策略。中国的领导人知道，除非新生城市居民有工可做，并完全参与城市生活，否则，城市化进程不可能取得最终的成功。

迫使鲜有城市技能的农民进入城市的风险在这里陡然增大。快速的城镇化进程有可能形成数以亿计的新兴城市消费群体，但也有可能产生大规模的城市贫困。只有农民们在城市里能够养活自己的时候，城市化才算起到了作用。如果经济发展无法创造出足够的工作岗位，中国很容易面临不少西方国家所经历的暗淡窘境：向那些栖身于破旧公共住房且无权无势、穷困潦倒的底层城市人口发放福利救济金。

* * *

中国城市消费经济具有很大的潜力，但如果没有正确的政策引导，其结果很容易继续令人失望。关于中国消费者的报道往往游离于两个极端：要么受到“数亿钱袋子”这一想法的刺激而过度激动，要么因为消费一直不能成为拉动经济增长的引擎而过度悲观。

如果你相信那些最激动人心的报道，那么就可以看到，多亏成群结队的中国购物者急不可耐地大肆抢购路易威登和香奈儿的最新款小饰品，否则，法国的经济就要跌入英吉利海峡的深渊。如果你喜欢听被引用率很高的“中国熊”们语调沮丧的老生常谈（充满疑虑的国际投资者认为，中国经济存在着巨大的泡沫，眼看就要破灭），那么就会看到，全中国的家庭实际上正在遭遇金融衰退的严重打压，很难再有余钱用于消费。实际的情况介于两者之间。

诚然，前往北京和上海之类大城市参观的人一直存在着疑惑，为何有人对中国的消费疲软如此小题大做？休闲消费随处可见，对于40岁以下的人更是如此。甚至在10年以前，中国的期刊就在用“月光族”的故事来取悦读者，说那些20多岁的年轻人居住在大城市，等不到下个月的工资发下来便已经把这个月的工资用了个一干二净。不过，直到目前，如此惹眼的消费者在总人口中占的比例仍十分微弱。龙洲经济研究咨询公司估计，在2005年，只有4 000万个家庭（1.2亿人口）属于所谓的“消费型”，年均消费额度达5 000美元。还剩

90% 的人口，即 10 多亿人，应该划到“温饱型”的阵营，仅能维持温饱，或略高于此。

这一分界线仍然存在，只是“消费型”急剧扩大。2009 年，中国已有 1 亿个家庭（3 亿人口，与美国总人口数相当）的年消费额度达到 7 500 美元左右。波士顿咨询集团（BCG）也在 2010 年作过一项预测，它在定义“中等收入和富裕消费者”的家庭财富时采用的门槛略高一些，但得到的结果大致相似。该预测项目发现，以 2005 年时的价格计算，中国年度可支配收入在 9 000 美元及以上的有 5 000 万个家庭，人口总数约为 1.5 亿。以上结果均以官方的家庭调查数据为准，很多经济学家认为家庭的实际财富水平被严重低估了。

不管我们如何定义中国的“消费型”，或像有些人那样谨慎地称之为中国的“中产阶级”，其中一项结论明白无误：中国的家庭消费已经跨过了关键的门槛。中国现在已经形成了一支在全球都具有重要意义的消费者队伍，他们具有货真价实的消费能力。不过，中国的消费者还要走很长的道路，才能与美国的消费者比肩而立，成为拉动全球经济的引擎。全国的绝大多数人口仍旧属于“温饱型”，这个群体对于外国品牌和零售连锁意义不大。不过，不断增长的家庭消费能力在未来 10 年间对中国经济增长所作出的贡献将大大多于过去的 10 年。

3 亿多中国人所形成的消费阶层几乎全是城市原住民，他们在城市里出生，拥有城市户口。不过，随着中国经济的持续发展，进城务工人员的收入持续增加，尤其是，如果中国开始实施为各方所期待的户籍制度改革，那么，新一代城市居民必将追随城市原住民。波士顿咨询集团预计，到 2020 年时，近 800 个城市的人均实际可支配收入将超过上海在2010年时的水平。真正的消费文化已经从东部沿海的富裕城市推向重庆、成都和武汉这样的省会城市。未来10年间，消费文化注定会渗透到下一个社会阶层。

下一波消费者浪潮将来自于快速崛起的城市，如山东的临沂等。用营销术语来说，临沂属于三线或四线城市：比郑州和昆明这样的省会城市慢一步，但其具有足够的规模和财富，足以形成具有一定意义的核心消费群体。临沂的主力市场与全国的省会城市十分接近，国产品牌的服装连锁店和运动品牌竞相入驻。2000年以来，阿迪达斯、耐克、李宁和安踏在二线及以下城市开设了数千家专卖店，由此迅速扩张至大多数零售商不敢涉足的地方。对运动服装品牌而言，市场的饱和意味着占领地盘的脚步已经放缓。不过，对于其他零售商，尤其是那些超大型的自助商场和时尚连锁店而言，他们的新增长点恰恰来自中国内地。

及至最近，现代零售连锁店和品牌正忙于扩张进入的城市，仍旧以小型个体商店和传统杂货商店为主导。在2005年至2010年间，来自百货公司、专营店、便利店、超级市场和大型自助商场等现代版商场（Modern–format Store）的零售占比，从接近15%增加到了60%。截至2010年，中国全境共有17万家连锁零售店，其中包括4 000家专卖商，他们开设的营销店多达数10万个。迄今为止，这种变化主要集中在较发达的大型城市。在重庆，消费者可以在几家富丽堂皇的购物中心选择购物，尽管他们的选择仍旧大大少于东部沿海的大城市。但是，毗邻的涪陵，尽管与重庆仅有不到一个小时的车程，其零售市场却至少落后10年。除了几家规模不大的百货商场和中国最大的家电零售商苏宁所开设的一家专卖店之外，满大街都只有小型的家庭商店，所出售的商品品种也很单一。江边的公路很陡峭，两旁的商店出售的物品清一色地是面对工人需求的钢管、安全帽、线缆、绳子、工具、轮胎等。也有商店出售柳条筐、中草药、二手电视等。肉、水果、蔬菜等物品沿街出售，能够买到烟酒、吃到小面的地方比比皆是。满大街弥漫着商业气息，但国产大品牌并不多见，更不必说出售国际品牌的现代商城了。

中国的零售业依旧十分碎片化，绝大多数商品仍旧像在涪陵那样，只在小型的家庭商店出售。现代零售业已经大举进入食品行业，约占组织零售的2/3。龙头老大还是国外的大型自助商场，如家乐福、沃尔玛、乐购等。尽管前十大外国零售商开设的商场不到1 000家，但它们已然稳坐日杂、罐装食品、软饮料和卫浴用品等非耐用品零售业的头把交椅。它们主要是在一线大城市首战告捷，但实际上也正在稳步占据二线市场，并将焦点集中于三线和四线城市。2008年下半年，北京将开设商场的审批权下放至地方政府，强劲势头由此形成。自那以后，国外大型自助商场已经在全国范围内开设了数百家店面。

不过，国外大型自助商场还要走过长长的道路，才能赢得绝大多数的中国消费者。美国零售业巨头沃尔玛在北京开设了仓储式购物俱乐部山姆会员店，精明的顾客每个周末都可以在此体验现代零售业所面临的挑战。成百上千的购物者推着巨大的购物车竞相涌入商场，那架势可以与在美国郊区的购物广场看到的场景相媲美。可是从商场出来之后，他们穿过马路，到农贸市场去挑选新鲜的蔬菜和水果。山姆会员店出售的生鲜产品也很光鲜，但本地消费者就是喜欢传统农贸市场里的商品品种和质量。

东直门位于北京中部，居民区众多，其喧闹的农贸市场说明了中国的家庭给新鲜赋予了怎样的价值。一位老太太盯着鱼缸仔细看过之后，让一个戴着塑料手套的鱼贩帮着捞出一条大鲤鱼。鱼贩对着鲤鱼的头部麻利地敲下去，然后去鳞、掏内脏、冲洗、装入黑色塑料袋。家禽摊位上，一个中年男子要求把一只整鸡连头带脚砍成小块。摊贩从鸡的肚子里掏出一枚新鲜的鸡蛋和两只黄色的卵，接着，用一把刀对着那只鸡熟练地剁了下去。整个市场全是一排排的木头大支架，上面高高地码放着本地种植的蔬菜。“我每天都来，因为这里比超市近得多，东西既便宜又新鲜，”一位衣着光鲜的老太太一边回答我，一边用手戳了戳带泥的萝卜。

为了适应当地人的偏好，外国超市将传统农贸市场的一些要素引入自己的现代商城。大型自助超市连锁店允许消费者自行动手挑选肉类，甚至允许观念传统的购物者自己从海产品大缸内捞鱼。家乐福和沃尔玛一样，提供有包装和无包装的生鲜食品，允许消费者对每一种蔬菜和水果按质量挑选，这与在菜市场的做法几乎一样。很多本土超市连锁店也允许消费者对鲜肉、鱼、水果和蔬菜进行适度的挑选。尽管如此，人们还是更多地去传统市场购买新鲜食品，很多消费者甚至每日必去。在所有居民区的大街上，都有摊档出售水果和蔬菜，在外来务工人员聚居的区域更是如此。

不过，国内外大型超市的扩张速度非常惊人。中国需要很多年时间才能培育起真正的现代零售产业，但随着消费者激增的趋势，大型超市已延伸至广大落后地区的低端城市，中国零售业的格局很快就会与富裕国家越来越相似。

证据之一是，国际主力品牌经过多年无所作为之后，现在终于开始进入市场了。这些品牌之前的勉力维持恰好反映了中国消费品市场的一种特殊结构：过去 10 年的大部分时间里，这个市场被二分为顶层的高端品牌和底层的无名品牌，中间存在着一个巨大的空洞。这对大型自助商场不是问题，它们规模巨大，出售的商品种类繁多，完全可以通过价格优势击败小型的超市连锁店。不过，说到衣服和手包之类的身份界定产品时，新富起来的中国人想购买的却是高价品牌。因此，奢侈品的销售大获成功，并已在大多数二线城市现身多年。中档品牌面临的坏消息是这样的消费者仍旧高度关注商品的价值：女白领们可以削减其他一切开支，只为了买上一只路易威登的手提包。消费者对超过自身能力的商品太过痴迷，这给主导发达国家消费市场的主力商业品牌几乎没有留下什么空间。

不过，在过去的 5 年间，中国一路蹒跚的中端市场终于开花结果了。自 2010 年以来，一直瞄准有钱且时尚的年轻消费者的品牌，如瑞典的 H&M、日本的优衣库、西班牙的 Zara 等，都很快地扩张到了二线城市。H&M 直至 2007 年才在中国开设第一家店铺，但截至 2012 年年末，它已经在 36 个城市开设了 89 家商店。填满中端市场这个巨大的空洞需要一定的时间，但国外的主力品牌连锁店已经在省会城市现身，而这具有重大的意义。与少数几个奢侈品品牌推销超高价手包相比，这样的现身是一种更确定的信号，真正的消费文化正延伸至中国内地。

未来 10 年间，这些中端品牌将效仿阿迪达斯和耐克，进入更小的城市。而这些城市目前的主导品牌是真维斯之类的本地品牌和佐丹奴之类的廉价香港品牌——这两个品牌都在临沂开设了店铺。这些廉价品牌为外国服装连锁店指明了道路，就像国产运动服装品牌曾经为阿迪达斯和耐克指明道路一样，后者正是跟着敏锐的国产竞争对手才得以进入中国内地。“安踏运动”是中国的第二大国产运动服装品牌，它在 2010 年时已有超过 7 000 家的零售专卖店以及超过 10 亿美元的营业收入。中国动向集团拥有意大利品牌卡帕在中国的专有权，年营业利润率连续保持在 40% 左右。

像安踏这样的运动服装品牌之所以获得成功，是因为它们销售的商品定价大大低于国外竞争对手，并尽量挤占特许经销商的利润。不过，许多国产服装品牌已在全国范围内打好了稳赚不赔的基础，那就是开设自营店，进一步降低服装的销售价格。浙江的雅戈尔便是最好的例子。它是中国最大的国产服装品牌。雅戈尔的前身是诞生于 1979 年的宁波青春服装厂，作为一家小作坊，它专门雇佣“文革”后回城的知青，生产背心和短裤。今天的雅戈尔国际服装城年产休闲服 2 000 万件、衬衫 1 000 万件和西服 200 万件，公司自称是全世界最大的“综合性服装生产基地”。

雅戈尔在全国有 1 500 个专营店，销售的主要目标定位于快速城镇化的二、三线城市的中年男性。即便雅戈尔在上海著名的南京路上开了一家旗舰店，也是为了吸引来自其他省份的国内旅游者，而不是高傲的本地人。“上海的有钱人都不来这里，他们要买洋品牌。”一位女销售员直言不讳。不过，精致的雅戈尔衬衫和西装的价格着实不菲：畅销的 CEO 衬衫每件售价六七百元，西服售价介于 2 000 元至

10 000元之间。雅戈尔服装在全国的式样各不相同，但价格大同小异。对于各省的政府官员、商业人士或者新郎官而言，穿雅戈尔是给人留下好印象的精明之选。该品牌的成功便是明证。在中国的大城市之外还有相当数量的消费者，他们乐于为一件像样的服装往外掏钱。随着中国城市的发展和家庭收入的增加，像雅戈尔这样的品牌已经稳占先机。

要坐稳不同的城市市场，就需要相当的灵活性。大型自助商场已经发现，与北京和上海等大城市的富裕消费者相比，像临沂这样的三线城市的消费者有着不同的偏好。所以，它们必须作出敏锐的判断，才能适应消费者在需求方面快速而不断的变化。耐克和阿迪达斯一旦在低端城市流行开来，上海和北京的潮流购物者便认为这样的运动服装品牌已是明日黄花。很多年轻一代的进城务工人员现在钟爱国产运动服装品牌，但他们可能很快就会青睐外国品牌。此景来临时，阿迪达斯和耐克也许会发觉，自己不得不降格以求为城市工人阶级提供休闲装，这与他们目前在西欧的做法如出一辙。

附 6.1

不需要，不浪费

作为一个出生在贫困山区的男人，渝长江现在已经做得相当成功。在重庆市内工作了20年之后，渝长江有了城市户口，买了一套90平方米的公寓房，每个月开出租车能往家里拿回3 000多元。重庆的摩托车厂为数众多，他妻子就在其中一家工厂干活，月收入

2 000 多元，这样一家人的年收入达到了 7 万多元，是进城务工家庭平均收入水平的两倍。

渝长江拥有本地城市户口，这意味着他能享受包括减免医疗费在内的城镇社会保障，女儿能在辖区内的学校免费就读。包括归还房贷在内，渝长江全年的家庭消费总额达到了 4 万多元，还剩 2 万余元可用于消费。但与众多中国家庭一样，他们几乎一分不花地存了起来。

渝长江那套位于城市南部边缘的公寓房采光足，透气好，视线越过朦朦胧胧的住宅高楼，还能看到废弃的厂房和种着蔬菜的田地。房子的客厅很大，两间卧室较小，厨房和卫生间都很狭小。屋里的家具和农村没什么两样：硬板沙发、折叠餐桌、塑料凳子、家用电器（旧的长虹电视机、电风扇、宽大的海尔冰箱、洗衣机）——这些在乡下也很普通。渝长江的家里有一台 DVD 播放机，但坏了。“我们现在只看电视。”他说道。

房子很简朴，四壁空空，瓷砖铺地，几乎没有能让这个空间具有个性化的物件。仅有的饰物是一只闹钟、一幅挂历、一只插着假花的花瓶以及一座观音瓷像。卫生间有一个蹲式便槽和一个直接将水喷到地上的莲蓬头。厨房有一个单眼炉灶。唯一看起来跟农村住宅不同的，是渝长江女儿的房间，里面除了一张书桌之外，还有一个书架以及一双黄色的轮滑鞋。

“我想买一台大一点的电视机，我觉得……这一台有点小，也已经旧了。我还想买一张餐桌。”渝长江告诉我，“但只有在需要的时候，我才会花钱去买，否则就是浪费。”他坦承，自己这个城里人用来购买商品的钱，没比生活在农村老家的那些人多多少。

渝长江说，他日常生活唯一大的不同，体现在吃的东西上面。“我们每天都吃肉。农民吃不起。”渝长江的妻子每天早晨都要去小区的农贸市场购买食材准备午饭，买的一般有鸭脖子、兔腰或猪腰，外加蔬菜、大米、新鲜水果等。晚上，渝长江时常会跟其他出租车司机一起在外面吃饭。他们吃得很好，每个人的消费在30元以上。

“进城之后，我的想法和习惯真没怎么改变。”渝长江说，“我介于农民和城里人之间。遇到城里人的时候，我没觉得自己跟他们有什么不同。但我知道，我们之间在经济上有差别。”

这些都是良性的发展：中国的城市大众口袋里的钱更多，穿戴也更体面。甚至就在10年以前，中国的很多城镇还了无生气。以前在北京乘地铁，几乎是一次毫无色彩的行程——黑布外套、灰布棉衣，黑白分明。今天的地铁虽没有伦敦或纽约的视觉丰富性，但相比以往已具有了更多的自我表现力。年轻乘客衣着明快，手里玩着iPhone手机，在中国版的推特（Twitter）——微博上了解最新的八卦新闻。周六或周日晚上，地铁上挤满了20多岁的有钱人，他们完成了一天的购物，或在电影院消遣了一个晚上，正纷纷往家里赶。今天的北京，无疑是很多城市的明天。

这种消费潮流背后的驱动力是增加的收入。更多的财富有助于培育现代城市文明，这种文明是以消费和身份个性为基础的，对那些二三十岁的年轻消费群体更是如此。他们的父辈与之相异，因为出生于革命年代，所以具有强烈的反消费主义观念。年轻一代出生于70

年代之后，所处的时代已越来越具有消费社会的特征。他们比父辈更具个性，更愿意花钱满足个人的爱好和娱乐追求。这样的休闲消费只有 10 多年的历史。不过，中国大陆现在已经开始紧追视日常消费为生活方式的日本、韩国和中国台湾地区。

如果中国能尽量有效地推进城市化进程，那么每年涌入城市的数百万务工人员就能够加入这一股新兴的消费潮流。不管从经济学还是从社会学的角度来看，视进城务工人员为二等公民的观念正在土崩瓦解。虽然中国的领导人经常讲，消费应该驱动未来的发展，但其社会模式依然制约着家庭的消费。他们务必要找到一条出路，培育更健康、更有包容性的城市化模式。否则，中国的经济巨轮将会戛然抛锚。

附 6.2

乡村生活

当成千上万的人驾车行驶在北京的东四环路上时，很少有人意识到，自己正在穿过首都最大的贫民窟之一。辛庄坐落在丽都假日饭店以南几公里的地方，这里的多个破旧城中村住着大量外来务工人员。

在卖了一天的水果或在北京各地的高档公寓干了一天活儿后，辛庄的居民们回到这里的城中村开始了社交活动。大家在这里都是外来人员，所以社会交往比较自在。热闹的路边摊和临时店铺出售的每一件物品——新鲜的蔬菜水果、袋装食品、洗发水、卷纸、服装、鞋子、盗版 DVD 等——都很便宜。满地垃圾的餐馆炒出美味的菜肴，吃一顿饭花费不到 7 元，本土品牌的手机售价 400 元。村子里的很多家庭都拥有廉价的电脑或车辆，村边荒地上停满了小型送货车和本地品牌轿车。与全世界的贫民窟一样，辛庄村也是一个自给自足的单元，具有独立于社会其他部分的微型经济。

除了聊聊家常，村子里的娱乐方式有三种：喝酒、上网，或去黑八台球俱乐部打发时间。“有些务工人员成群结队地来，一来就要玩上十五六个小时。”经营者——北京本地人陈佳明（音译）说，“这儿算北京最便宜的台球室了，所以他们才玩得起！”半尺寸的台球桌一共有三张，一张台球桌每小时的收费是 10 元，所以白天黑夜都挤满了人。

虽然月收入各不相同，不过大多数务工人员能挣到 3 000 元左右，略高于全国的其他城市。那些没有孩子的年轻务工人员，尚可省出一点钱用于娱乐。很多人的打扮看起来跟城里人几无二致：穿着牛仔裤、跑鞋和 T 恤衫。本地人一眼就能辨认出年龄大一些的外来务工人员，但年轻务工人员适应较快，很难一下子区分出来。从目前来看，这些城市的新面孔很少与人交往，只拿出收入的很小部分在村子里花费。不过，只需几条开明的政策，并让他们口袋里的钱再多一点，这样的年轻男女很快就会成为不折不扣的消费者。

结　语

◆

城市文明

◆

CHINA'S URBAN BILLION

The Story behind the Biggest Migration

in Human History

由农而城的历程如同文明一样古老。表示“文明”的英文单词civilization来源于表示“市民”的拉丁文，而这个拉丁文单词原本的意思就是“城市”和“市民”。至少从语源学的角度来说，向城市迁移的过程往往被定义为文明历程，即便这样的历程艰难而漫长。在英语国家中，最有名的迁徙故事当数迪克·惠廷顿的传奇经历，讲的是一个贫穷的乡下孩子来到伦敦实现发财梦的故事。刚到伦敦时，他大失所望，因为他一直以为伦敦遍地黄金。又冷又饿之下，他找了一份厨房洗碗工的活儿，居住在老鼠横行的地下室。不过，迪克找到了一条路子，即用他唯一的财产——猫咪进行融资，并很快变成了富人(而且三次担任大名鼎鼎的伦敦市长)。故事结尾时，迪克赫然发现，这座城市其实很文明：满街都是耀眼的光芒。

在当今的中国，数百万进城务工人员和农民会发现，自己和迪克·惠廷顿旅途之初的经历感受相似。从农村迁移进城可能会淘到巨额财富，远甚于在田间地头刨土块所获得的收成，可一旦离开土地的保障，也就意味着要在城市里面临一生的艰辛。城市有2亿多进城务工人员，他们居住在破旧的房子里，从事着艰苦的体力活儿。与故事里的男孩一样，外来务工人员也有一样极具价值的资产：土地。但中国的集体土地所有权法意味着，农民只能从自己的土地上获取实际价值的很小部分。这也决定了这样一个事实，即进城务工人员绝大多数只能以贫困的方式开始自己的城市生活，加上歧视性的户口制度雪上加霜，进城务工人员的城市生活犹如二等公民。

在城市里，外来务工人员的生活很不舒坦，既不平等也无保障。然而，进城所获得的经济回报仍旧远高于在家务农。如果中国的经济继续增长，并持续提供足够的工作岗位——这是公认的大前提，那么，哪怕没有户籍制度改革，仍旧会有大批务工人员涌入城市。到 2030 年，中国的城市将生活着 10 亿人口。我们无从知晓他们的生活将会如何，但发现遍地黄金的人数绝对不可能有很多。

中国的城市在 2030 年时具有怎样的面貌，将取决于中国的领导人是否愿意放弃一些短期的经济利益，并作出必要的改变，以追求更健康的城市化进程。目前，生活在城市里的 1/3 的人口并没有得到平等对待。如果中国不着手将进城务工人员的社会保障资格同他们的户口身份剥离，那么，一无所有的城市居民所占的比例将会继续增加。到 2030 年，中国有近 5 亿城市居民将成为事实上的且数量庞大的社会底层，既没有像样的住房，也无法享受基本的公共服务。恰如一些地方政府已经发现的那样，如此阴暗的社会场景将会引发严重的政治后果，这意味着某些变革已经无法避免。最大的问题在于，中央政府是否具有处理根本问题的政治意愿。这也是习近平主席和李克强总理担纲的新一届政府所要面临的核心问题。

迄今为止，这样的改革大多在地方层面运行。几个省市所进行的试验性土地改革和户籍制度改革，已经取得了部分成功，尽管它们对于改革会带来的某些危险明确表示了担忧。不过，重庆和成都意在通过弱化户口限制和强化农村土地权的方式来打破城乡分野的种种努力，具有深远的积极意义，虽然也有证据表明存在着强制转户和非法掠地等行为。这样的实验是改革路上必不可少的阶段，哪怕其结果有些不尽如人意。问题的关键是要认真观察什么奏效，什么不奏效。

成都和重庆已经取得了一些有益的进展。允许农民将自己的土地使用权出售给来自城镇的买家，这是在整合城乡土地市场方面迈出的微小但重要的一步。农民可以用自己的土地使用权作为担保进行抵押，这有助于释放蛰伏在土地之中的部分价值。然而，农民个人仍旧不能将他耕作的土地用于出售，因为他没有出售的权力。城里人可以完全享有财产权，而农民却只能捆绑于村集体，这种说法站不住脚。很明显，村集体已经无法保护农民，使他们免遭不良地方官和村干部的侵害。唯一合乎逻辑的改革轨迹将是赋予农民个人更多的土地权利。

经过两年时间的沉默，中央政府再次开始讨论户口改革这一话题。国务院于 2012 年 2 月就户口政策所发布的公告是一份极度保守的文件，告诫各城市动作不要太快。不过，要求地方政府不得再将户口身份同就业、培训和入学等权利进行挂钩的规定，暗示了未来改革的方向。到 2030 年，决策者应该实现目标，向所有城市居民赋予完全的社会保障，并像中国台湾地区和日本那样，将户口制度改变为简单的家庭登记制度。各地的户口制度改革已经放慢进度，且属于零敲碎打式。不过越来越多的外来务工人员子女已经进入公办学校就读，其父母也越来越多地被纳入社会福利体系。

最鼓舞人心的社会新政当属近年来的一项全国性计划。该计划将修建数百万套价格优惠的公共住房，或称社会保障性住房。这一计划有可能改变城市贫困人口的生活。但之前已有证据表明，大多数新建住房将落入城市原住民之手，不具有本地城镇户口的外来务工人员很难得到这样的住房。随着各级城市的政府将数千个困扰城市的城中村夷为平地，他们必须代之以外来务工人员能够负担得起的出租房。迄今为止，中国的城市化进程尚未催生出那些制约其他发展中国家城市发展的大面积溃疡性贫民窟，然而，随着越来越多的进城务工人员拉家带口进入城市，这样的人群开始在城市生根发芽，中国的城市将不得不努力避免这样的梦魇。尽管投资者担心中国住房过剩，但当前的问题却是住房短缺。目前，超过 2 亿的进城务工人员还被排除在住房市场之外。随着城市越来越繁荣，这些人应该搬出城中村，住进社会保障性住房。

然而，优惠性住房也不是灵丹妙药。像重庆这样的城市虽然制定了大胆的城镇化政策，但在把数百万毫无或少有城市生存技能的农民一股脑儿迁进城的时候，还是需要三思而后行的。长期性进城务工人员懂得城市的生存之道，但很多农民则不得不奋力为生。令人担心的是，他们住进了大房子，却找不到活儿干，只能靠福利为生。这样的黯淡前景同样令西方社会大伤脑筋：美国有毒品泛滥社区“计划”、英国有下层市政房产、法国有衰败的郊区。但中国的决策者还没有给予社会坏疽足够的关注，这样的社会坏疽可以感染到公共住房内的弱势社会群体，而那些存在社会歧视和就业不足的地方则更是如此。中国强调的是以现代公寓楼取代破旧住房。可如果管理不善的话，这种本就仓促修建，偏又住进心灰意冷的前农民的高楼，也许很快就会轰然倒塌。

还有更急迫的问题，那就是，资金捉襟见肘的城市去哪里找这么多钱来新建住房？更别说将数百万农民融进城市生活所需的巨额资金了。如果像重庆这样雄心勃勃的户口改革政策推广开至全国，财政压力将更为紧迫。当前，地方政府依赖卖地行为来填补财政短缺，但这绝不是长久之计。中国的耕地面积终究有限，谁也不能保证地价会飞速上涨至填满地方财政的地步。中国务必审视城市扩张给环境带来的压力，尤其这些城市还要无一例外地容纳数百万辆私家车。与美国不同，中国没有足够的土地让每家每户都拥有轿车。随着城市人口数量的继续增长，中国务必要学会高效利用有限的土地资源，在高度集中的城市里为人们提供生活空间。

如果地方政府不再依靠出卖土地来支撑快要散架的地方财政，那么它们哪有资金用于社会保障性住房、公共服务和城市基础设施呢？答案是中央财政必须合理承担所需的资金份额。地方政府目前承担了几乎所有的公共服务，包括 80% 的基础性医疗和教育开支。因为由地方收上来的税收大部分进入了中央财政，所以地方政府大都要经过努力才能完成各自的财政职责。相比之下，中央政府财源滚滚。逐渐地，中国所面临的挑战不再是资金的短缺，而是怎样把它分配给合适的地方与合适的人群。那意味着有必要改革功能失调的财政制度，让中央政府负责更多的社会福利、教育和医疗开支。

以上诸项改革全都重大、艰难且充满痛苦。任何改革均需要巨大的政治勇气。我们寄希望于未来 10 年内执政的新一届政府具有更多的勇气。否则，中国将变成巨人般的拉美国家：口袋里财力雄厚，也有受过良好教育的中产阶级，但城市里充斥着众多的贫民窟，根深蒂固的社会分界线使之溃烂、腐朽。

自 1978 年以来，中国的领导人已经进行了所需要的各项改革，以确保国家的经济增长引擎一直轰鸣向前。现在到了该作出更多改革的时刻。事实是，中国的城市在此之前增加了 5 亿人口而没有引发大的社会动荡，这是巨大的成功。但现有的模式已经无法继续下去。如果中国的城市真要接纳 10 亿人口——全世界人口的 1/8 啊，那么，它的领导人务必要探寻更健康，更具有包容性，最终更具有持续性的城市发展模式。只有这样，中国的城市才能实现真正的文明。

参考文献

英文部分

Anderlini, Jamil, 'Call to end China citizen registration system', *Financial Times* (1 March 2010).

Anderlini, Jamil, 'China's city population outstrips countryside', *Financial Times* (17 January 2012).

Batson, Andrew, 'Revisiting China's "empty city" of Ordos', *Wall Street Journal* (12 May 2010).

Bloomberg, 'China is on "treadmill to hell" as property prices will burst, Chanos says' (8 April 2010).

Boston Consulting Group, *The Keys to the Kingdom: Unlocking China's Consumer Power* (March 2010).

Branigan, Tania, 'Chinese newspapers in joint call to end curb on migrant workers', *Guardian* (1 March 2010).

Branigan, Tania, 'China becomes an urban nation at breakneck speed', *Guardian* (2 October 2011).

Cai Fang, 'China's next giant: Urbanized migrants as new consumers', *China Economist* (September−October 2010): 82-7.

Cervero, Robert, 'Efficient urbanization: Economic performance and the shape of metropolis', Lincoln Institute of Land Policy, Cambridge MA (2000).

Chan, Kam Wing, 'City populations: Measuring the urban millions', *China Economic Quarterly* (March 2009): 21–6.

Chan, Kam Wing, 'Fundamentals of China's urbanization and policy', *China Review*10 (1) (Spring 2010): 63–93.

Chan, Kam Wing, 'The household registration system and migrant labor in China: Notes on a debate', *Population and Development Review* 36(2) (June 2010): 357–64.

Chan, Kam Wing, 'China, internal migration' (May 2011). Forthcoming in Immanuel Ness and Peter Bellwood (eds), *The Encyclopedia of Global Migration*, Blackwell, Oxford.

Chan, Kam Wing, 'Crossing the 50 percent population Rubicon: Can China urbanize to prosperity?', *Eurasian Geography and Economics* 53(1) (2012): 63–86.

Chan, Kam Wing, et al., 'Is China abolishing the *hukou* system?', *China Quarterly* (2008): 582-607.

Chang, Leslie, *Factory Girls: From Village to City in a Changing China*, Spiegel & Grau, New York (2008).

Chen Changsheng, et al., 'Migrant workers' citizenization creates demand for consumption', *China Economics* 28(Sept–Oct 2010).

Chen Xiaoyan, 'Monitoring and evaluation in China's urban planning system: A case study of Xuzhou', prepared for *Planning Sustainable Cities: Global Report on Human Settlements 2009*, UN Habitat, London (2009).

de Soto, Hernando, *The Mystery of Capital: Why Capitalism Triumphs in the West and Fails Everywhere Else*, Basic Books, New York (2000).

Dyer, Geoff, 'China: No one home', *Financial Times* (21 February 2010).

The Economist, 'Migration in China: Invisible and heavy shackles' (6 May 2010).

The Economist, 'Urbanisation: Where do you live?' (23 June 2011).

Fewsmith, Joseph, 'Tackling the land issue–carefully', *China Leadership Monitor* 27(2009): 1–8.

Ford, Peter, 'Beijing school closures leave thousands of migrant children without classrooms', *Christian Science Monitor* (26 August 2011).

Foster, Peter, et al., 'Underground world hints at China's coming crisis', *Telegraph* (30 January 2011).

Freeman, Will, 'Land reform: A controlled land "revolution"', *China Economic Quarterly* (December 2008): 7–8.

Freeman, Will,'Land prices take off, but not as Beijing intended', Dragon Week, GK Dragonomics (13 December 2010).

Gong Jing, et al., 'Sprawling Beijing tries a softer urbanization', *Caixin* (26 April 2010).

Green, Stephen, 'China–Chongqing's experimental land reforms, Part 1', Standard Chartered, *On the Ground* (25 February 2010).

Green, Stephen, 'China–Chongqing's experimental land reforms, Part2', Standard Chartered, *On the Ground* (15 March 2010).

Green, Stephen, 'China–Chongqing's 2.4mn new renters', Standard

Chartered, *On the Ground* (29 March 2011).

Green, Stephen, 'China–Rural land transfers.com', Standard Chartered, *On the Ground* (19 April 2011).

Gu Chaolin et al., 'China's master planning system in transition: Case study on Beijing', 46th ISOCARP Congress (2010).

Hessler, Peter, River Town: *Two Years on the Yangtze*, John Murray, London (2002).

Hessler, Peter, *Country Driving: A Journey Through China from Farm to Factory*, Harper, New York (2010).

Hokenson, RF, 'Migrant labour flows: Measuring the tide', *China Economic Quarterly* (September 2005): 23–8.

Hu Jing, 'A Critique of Chongqing's New "Land Reform"', *China Left Review*1 (2008), trans. China Study Group.

Huang, Philip, 'Chongqing: Equitable development driven by a 'third hand', *Modern China* 37(6) (2011): 569–622.

JP Morgan, 'Urbanization, *hukou* reform and investment implications', *Hands-On China Report* (13 March 2012).

Jacobs, Andrew, 'China takes aim at rural influx', *New York Times* (29 August 2011a).

Kirkby, R.J.R., *Urbanisation in China: Town and Country in a Developing Economy 1949–2000 AD*, Croom Helm, London (1985).

Kroeber, Arthur, 'Economic rebalancing: The end of surplus labor', *China Economic Quarterly* (March 2010): 35–46.

Kroeber, Arthur, 'Exploding the local-government debt myth', *China Insight: Economics,* GK Dragonomics (18 June 2010).

Kroeber, Arthur, 'Chinese consumers: Dream come true', *China Economic Quarterly* (December 2010): 17–23.

Kroeber, Arthur, 'The great rebalancing (II) – does China consume too little?', GK Dragonomics, *China Insight: Economics* (15 September 2011).

Kynge, James, *China Shakes the World: The Rise of a Hungry Nation*, W&N, London (2006).

Lan Fang et al., 'For migrants, Beijing school bells fall silent', *Caixin* (10 August 2011).

Landesa, 'China's farmers benefiting from land tenure reform', press release (24 February 2011).

Larmer, Brook, 'Building the American Dream in China', *New York Times* (16 March 2012).

McKeigue, James, 'China is heading for a brick wall, says Nouriel Roubini', *MoneyWeek* (13 May 2011).

McKinsey Global Institute, *Preparing for China's Urban Billion* (March 2009a).

McKinsey Global Institute, *If You've Got It, Spend It: Unleashing the Chinese Consumer* (August 2009b).

McKinsey Global Institute, *Urban World: Mapping the Economic Power of Cities* (March 2011).

Miller, Tom, '*Hukou* Reform: One step forward...', *China Economic*

Quarterly (September 2005): 23–8.

Miller, Tom, 'Case studies I. Wuhan: Future megacity', *China Economic Quarterly* (March 2009): 32–5.

Miller, Tom, 'Development models: Big cities, small cities', *China Economic Quarterly* (March 2009): 27–31.

Miller, Tom, 'Pearl River Delta: Bloodied but unbowed', China Economic Quarterly (June 2009): 37–43

Miller, Tom, 'Ground-level truths on investment and consumption', DragonWeek, GK Dragonomics (11 January 2010).

Miller, Tom, 'Rural consumption: Little bang for the farming buck', *China Economic Quarterly* (June 2010): 41–5.

Miller, Tom, 'Sichuan: The never-ending investment story', *China Economic Quarterly* (September 2010): 51–7.

Miller, Tom, 'Retail market: Sportin' life', *China Economic Quarterly* (December 2010): 24–30.

Miller, Tom, 'Urbanization: Turning country bumpkins into city slickers', *China Economic Quarterly* (March 2011): 39–44.

Miller, Tom, 'Chongqing–China's new model worker?', *China Insight: Economics* GK Dragonomics (1 June 2011).

Miller, Tom, 'Migrant workers: Second-class citizens', *China Economic Quarterly* (June 2011): 35–40.

Miller, Tom, 'Don't fear the suburbs: Understanding China's "ghost towns"', *China Insight: Economics*, GK Dragonomics (1 September 2011).

Miller, Tom, 'Ghost towns: Not so scary', *China Economic Quarterly* (September 2011): 39–45.

Miller, Tom, 'Social integration: Whose city', *China Economic Quarterly* (December 2011): 26–34.

Miller, Tom, 'Urban consumption: The migrant solution?', *China Economic Quarterly* (December 2011): 35–41.

Miller, Tom, 'Urban living: Unlovely cities', *China Economic Quarterly* (December 2011): 15–25.

Miller, Tom, 'From Wukam to Chongqing: The problem of Chinese land reform', *Reportage,* GK Dragonomics (17 February 2012).

Miller, Tom, 'At last, momentum for *hukou* reform', *Reportage*, GK Dragonomics (27 March 2012).

Miller, Tom, et al., 'Chongqing and Wuhan: China's Chicagos?' *China Economic Quarterly* (December 2009): 51–7.

Moore, Malcolm, et al., 'China to create largest mega city in the world with 42 million people', *Telegraph* (24 January 2011).

National Bureau of Statistics, 'Communiqué of the National Bureau of Statistics of People's Republic of China on Major Figures of the 2010 Population Census' (28 April 2011).

Natural Resources Defense Council, *Smart Cities: Solutions for China's Rapid Urbanization* (December 2007).

Orlik, Tom, et al., 'Behind a Chinese city's growth, heavy debt', *Wall Street Journal* (23 April 2012).

Pan Haixiao, 'Implementing sustainable urban travel policies in China,' International Transport Forum, Discussion Paper 2011–12, OECD (May 2011).

Prosterman, Roy, et al., 'Land: Righting the wrongs', *China Economic Quarterly* (March 2004): 20–25.

Studwell, Joe, *The China Dream*, Profile Books, London (2002).

Tao Ran, 'China's land grab is undermining grassroots democracy', *Guardian* (16 December 2011a).

Wang Wei, 'Ant tribe swarms to new villages', *China Daily* (12 August 2010).

Watson, Andrew, 'Social security for China's migrant workers–providing for old age', Journal of Current Chinese Affairs (April 2009): 85–115.

Watts, Jonathan, *When a Billion Chinese Jump: Voices from the Frontline of Climate Change*, Faber & Faber, London (2011).

Wong, Christine, 'Fiscal reform: Paying for the harmonious society', *China Quarterly* (June 2010): 20–25.

World Bank, 'Urbanization policy in Chongqing Municipality: A framework note' (2009).

World Bank and Development Research Center, *China 2030: Building a Modern, Harmonious, and Creative High-Income Society* (2012).

Wu Fulong,'Re-orientation of the city plan: Strategic planning and design competition in China', *Geoforum* 38(2007): 379–92.

Wu Fulong, 'Gated and packaged suburbia: Packaging and branding

Chinese suburban residential development', *Cities* 27(2010): 385-96.

Xue, Jin, et al., 'The challenge of sustainable mobility in urban planning and development: A comparative study of the Copenhagen and Hangzhou metropolitan areas', International Journal of Urban Sustainable Development (2011): 1-22.

Yao, Rosealea, 'Managing local-government debt the Chongqing way', DragonWeek, GK Dragonomics (4 May 2010).

Yao, Rosealea, 'How rigged land prices make factories cheap and homes dear', DragonWeek, GK Dragonomics (24 May 2010).

Yao, Rosealea, 'No room for squares: China's housing supply and demand', *China Insight: Economics*, GK Dragonomics (26 May 2011).

Yao, Rosealea, 'Property: A plague o'both your houses!', China Economic Quarterly (June 2011): 10-12.

中文部分

[1] 中华全国总工会．2010 年企业新生代农民工状况调查及对策建议．[M]．2011-02．

[2] 50 重点村年内搬迁完　产业用地上可建公租房．[N]．北京晚报．2010-04-01．

[3] 户改成都突破．[J]．财经．2010-12-20．

[4] 新土改成都路径．[J]．财经．2011-03-01．

[5] 许成钢．土地问题无可回避．[DB/OL]．http://xuchenggang.vip.caixin.com/，2011-04-13．

[6] 崔之元. 重庆“十大民生工程”的政治经济学. [J]. 中共中央党校报刊社. 2010-10-01.

[7] 崔之元. 美国阿拉斯加州长哈蒙德的重庆缘. [DB/OL]. http://www.guancha.cn/cui-zhi-yuan/2011_03_01_68466.shtml，未注明出版日期.

[8] 郑东新区——矗立于郑州的“东方明珠”. [DB/OL]. http://news.dahe.cn，2011-06-01.

[9] 聚焦中国城镇化建设的“临沂模式”. [N]. 大众日报.2011-06-22.

[10] 国务院发展研究中心. 农民工市民化：制度创新与顶层政策设置. 中国发展出版社. [M]. 2011.

[11] 国务院发展研究中心. 重庆市户籍制度改革情况介绍 [M].（未公开出版）.

[12]“四大战略”推动临沂经济跨越发展. [N]. 经济导报. 2011-07-04.

[13] 中华人民共和国国土资源部. 2011 年上半年查处国土资源领域违法违规案件情况. [R]. 2011-07-12.

[14] 一个郑州四座大学城　郑东新区“高校群”规模初现. [N]. 南方报. 2006-08-08.

[15] 火爆地突然暂停，成都土改风向难辨. [N]. 南方周末. 2010-12-30.

[16] 中国国家统计局. 新生代农民工的数字、结构和特点. [R].2011-03-11.

[17] 中国国家统计局. 2011 年我国农民工调查监测报告. [R]. 2012-4-27.

[18] 中国国家人口和计划生育委员会. 流动人口发展报告 2011. [R]. 中国人口出版社. 2011.

[19] 鄂尔多斯市政府. 鄂尔多斯市政府工作报告. [R]. 2012.

[20] 探访城乡一体化的“临沂模式”. [N]. 齐鲁晚报. 2010-03-30.

[21] 聚焦郑州都市区建设 走进郑东新区. [DB/OL]. http://www.people.com.cn/, 2011-05-25.

[22] 国务院. 国务院关于严格规范城乡建设用地增减挂钩试点切实做好农村土地增值工作的通知. [R]. 2010.

[23] 国务院. 国务院办公厅关于积极稳妥推进户籍管理制度改革的通知（2011）. [R]. 2012-02-23.

[24] 国务院. 户籍管理制度改革的通知. [R]. 2011-02-26.

[25] 陶然. 中国当前增长方式下的城市化模式与土地制度改革. [R]. 清华—布鲁金斯公共政策研究中心. 2011-09.

[26] 成都公布户籍改革时间表. [J]. 新世纪. 2010-11-17.

[27] 土地换户籍叫停. [J]. 新世纪. 2011-01-31.

[28] 户籍改革降温. [J]. 新世纪. 2011-03-21.

[29] 陈锡文：推进城市化不能损害农民权益. [J]. 新世纪. 2011-11.